कुरसी
तू
बड़भागिनी

कुरसी तू बड़भागिनी

विजय कुमार

सत्साहित्य प्रकाशन, दिल्ली

प्रकाशक : सत्साहित्य प्रकाशन, 205-बी चावड़ी बाजार, दिल्ली-110006
सर्वाधिकार : सुरक्षित / संस्करण : प्रथम, 2011 / मूल्य : एक सौ पचहत्तर रुपए
मुद्रक : भानु प्रिंटर्स, दिल्ली ISBN 978-81-7721-126-9

KURSI TOO BADBHAGINI *satire* by Vijay Kumar Rs. 175.00
Published by Satsahitya Prakashan, 205-B Chawri Bazar, Delhi-110006

भूमिका

हँसने–हँसाने के प्रति मेरा बचपन से ही रुझान रहा है। चुटकुले पढ़ना, उन्हें याद रखना और ठीक समय पर सुनाने का मुझे शौक है। बड़ा होने पर हास्य की यह दिशा व्यंग्य की ओर मुड़ गई। मैं बातचीत में कुछ व्यंग्यात्मक बातें प्रायः बोल देता हूँ। यद्यपि वे साफ मन से बोली जाती हैं; पर सुनने वाले बुरा मान जाते हैं। इससे मुझे जीवन में भरपूर हानि हुई।

पर बुद्धि में जड़ जमाए हास्य–व्यंग्य के ये वायरस चैन नहीं लेने देते थे। इसलिए मैं उन्हें कागज पर उतारने लगा। एक मित्र के आग्रह पर इन्हें कुछ अच्छी पत्र–पत्रिकाओं में भेजा, तो कूड़ा होने पर भी ये व्यंग्य लेख छप गए। मुझे उनका यह व्यवहार समझ में नहीं आया। मैं आज तक यह निर्णय नहीं कर पाया हूँ कि मेरे व्यंग्य उच्च स्तरीय थे या वे पत्र–पत्रिकाएँ निम्न स्तरीय? खैर, जो भी हो; पर तब से यह बीमारी बढ़ती जा रही है।

ऐसे ही कुछ व्यंग्य बाणों का यह संकलन है। इनमें से अधिकांश पाँचजन्य, राष्ट्रधर्म, साहित्य अमृत, जनसत्ता, दैनिक जागरण, स्वदेश, स्वतंत्र वार्त्ता तथा अंतरजाल (इंटरनेट) पर प्रभासाक्षी, लोकमंच, हिंदुस्थान समाचार आदि में प्रकाशित हैं।

व्यंग्य की विधा साहित्य में कुछ विशेष प्रकार की है। जैसे क्रिकेट में सफल गेंदबाज वही है, जिसकी गेंद की गति, दिशा और उछाल का बल्लेबाज को अंतिम समय तक अनुमान न हो पाए। सफल फिल्म और उपन्यास भी वही होता है, जिसका रहस्य और निष्कर्ष, अंत में जाकर ही पता लगता है।

इसी प्रकार व्यंग्यकार जो संदेश देना चाहता है, वह प्रायः अंतिम दो–तीन वाक्यों में ही स्पष्ट हो पाता है और पाठक को यात्रा करते–करते अचानक अपने लक्ष्य

पर पहुँचने जैसी संतुष्टि प्राप्त होती है।

व्यंग्य में थोड़ा सा हास्य का पुट भोजन की थाली में, चटनी और अचार जैसा मजा देता है।" मारो कहीं, लगे कहीं" और "कहीं पे निगाहें, कहीं पे निशाना" की तरह मैंने भी अपनी रचनाओं में इन विशेषताओं को शामिल करने का प्रयास किया है।

आजकल हिंदी में विदेशी भाषाओं के घालमेल की एक भेड़चाल सी चली है। अधिकांश पत्र-पत्रिकाएँ भी ऐसी रचनाओं को ही प्रोत्साहन देती हैं; पर मैंने यथासंभव इससे बचना ही उचित समझा है। इससे मेरी रचनाएँ प्रकाशित भले ही कम हुई हों; पर मातृभाषा को अपमानित करने के जघन्य अपराध से मैं बच गया। प्रकाशन की लालसा के लिए इतना नीचे गिरना मुझे अच्छा नहीं लगता। सामयिक होने के कारण इनकी मार के दायरे में राजनेता, पुलिस, प्रशासन, पत्रकार, लेखक और व्यापारी, कर्मचारी, चिकित्सक, वकील सब आए हैं। भगवान की दया है कि इनमें से किसी ने अब तक कोई मुकदमा मुझ पर नहीं किया।

इन व्यंग्य लेखों की मार और धार कैसी है, इसका निर्णय तो अब पाठकों के ही हाथ में है।

पाठकों से निवेदन है कि वे अपनी प्रतिक्रिया से अवगत कराएँ।

—विजय कुमार
संकटमोचन आश्रम
रामकृष्णपुरम्, सेक्टर 6,
नई दिल्ली—110022
मेल— vj.kumar.1956@gmail.com
ब्लॉग— www.vijaipath.blogspot.com

विषय-क्रम

भूमिका 05

कुरसी तू बड़भागिनी 09
मोबाइल मीटिंग 13
कूड़ा जनता के सौजन्य से 16
राजू उठ, बैट पकड़ 19
मेरे घर के सामने 22
अनेकता में एकता, भारत की विशेषता 25
हम भी मोबाइल हुए 28
कविता का वायरस 31
डार्विन का विकासवाद 33
सेक्यूलर चश्मा 35
परीक्षा का मौसम 38
राहुल बाथ सोप 40
भारतीय हॉकी के सुनहरे दिन 42
पुनर्मरण हो यदि मेरा… 45
अगली बार भी एक ही पदक लाना… 48
करूँ क्या आस निरास भई… 50
विकास का मूल्य 53
कोड नंबर का जंजाल 56

डॉक्टर का सेक्यूलर एजेंडा 59
···और जूता चल गया 62
करोड़ रुपए का इतना अपमान 66
राजनीति में मेरा भविष्य 69
सूर्यवंशी 72
कहानी नई पुरानी 75
यह वास्तविक प्रगति है 78
यहाँ भी आरक्षण 81
हनुमानजी के आँसू 84
संतुलन ही जीवन है 87
बड़े भाइयो, सावधान 89
मुझे यह आशा नहीं थी 91
मैं और मोबाइल चोर 93
नाई से न नाई लेत··· 96
यह भी कोई चोरी है ? 98
पटरी पर आती मैट्रो 100
गरीबी रेखा से ऊपर 102
सरस्वती पुत्रों की दुर्दशा क्यों ? 105
राष्ट्रीय आतंकवादी दल 107
राजनीति का लालू युग 110
राशन युग की सुखद यादें 112
इस देश का यारो क्या कहना 116
इस सादगी पे कौन··· 118
आँखों के पानी की तलाश 121
नोबेल पुरस्कारों की नई सूची 123
ठेके पर न्याय 126
सही व्यक्ति को सही काम 128
पर्यावरण ले ला··· 130
हे भगवान्, मैं बच गया 132
वे बड़े आदमी हैं 134

कुरसी तू बड़भागिनी

मैंने अब तक पशुओं और मनुष्यों में स्त्री-पुरुष के साथ ही आँख, नाक, कान से लेकर गुप्त रोगों की खुलेआम चिकित्सा करनेवाले डॉक्टरों के बारे में ही सुना था। पशुओं के डॉक्टरों में नर और मादा जैसे विभाजन का मुझे नहीं पता। सुना है पेड़-पौधों के भी डॉक्टर होते हैं; पर कोई कुरसी का भी डॉक्टर होता है, यह इलहाम मुझे जीवन के कीमती 50 साल बीतने के बाद हुआ।

असल में कई साल से मैं कमर दर्द से दुःखी हूँ। बड़े और फिर सबसे बड़े डॉक्टर ने कई तरह से जाँचकर रोग का नाम स्लिप डिस्क बताया। उसने यह भी कहा कि दवा और आसन के साथ ही उठने, बैठने, लेटने, खाने और यात्रा से लेकर लिखने, पढ़ने तक में कुछ सावधानी रखनी होंगी। मजबूरी में उनकी बात माननी ही पड़ी।

कुछ दिन पूर्व मेरे एक घनिष्ठ मित्र आए। उन्होंने मेरी पढ़ने-लिखने की कुरसी देखकर कहा कि यदि तुम एक ढंग की कुरसी बनवा लो, तो तुम्हें बहुत राहत मिलेगी। मैंने हाँ, हूँ की, तो वे बोले—मैं कल कुरसी के डॉक्टर को भेजता हूँ। वे तुम्हारे नाप की कुरसी बना देंगे। तो साहब, मुझे तब पता लगा कि कुरसी के भी डॉक्टर होते हैं।

अगले दिन डॉक्टर साहब आ गए। उन्होंने बताया कि अधिकांश राजनेताओं की कुरसी वे ही बनाते हैं। मैं यह सुनकर काँप उठा। मेरे खानदान में आज तक किसी ने राजनीति नहीं की; पर अब क्या हो सकता था? उन्होंने मेरी आयु, भार और लंबाई लिखी। फिर फीता लेकर पैर से घुटने, घुटने से कूल्हे और कूल्हे से कंधे तक की लंबाई नापी। फिर कंधे की चौड़ाई, पेट की मोटाई और तली को गोलाई

का नाप लिया। उन्होंने मुझसे कुछ कदम चलवा कर भी देखा। मैंने उन्हें अपनी जरूरत के अनुसार कुरसी के डिजाइन के बारे में बताया। उन्होंने सब लिखा और चलते समय बोले कि एक सप्ताह में कुरसी आपके घर पहुँच जाएगी।

अब तो मेरी नींद उड़ गई। मैं ठहरा एक तुच्छ लेखक। यदि राजनेताओं वाले रोग मुझे भी लग गए तो··· ? मैंने सोचा कि उन्हें मना कर दूँ; पर इससे मेरे मित्र नाराज हो जाते। एक सप्ताह ऐसे ही बीत गया और कुरसी मेरे घर आ गई।

कुरसी बहुत सुंदर थी। उसे छूने से लगा कि वह काफी सुखदाई है; लेकिन उस पर बैठने का साहस नहीं हो रहा था। बार-बार उन नेताओं की याद आती थी, जो मरते दम तक कुरसी नहीं छोड़ते थे। दो लोगों की सहायता से संसद् की सीढ़ियाँ चढ़नेवाले क्रांतिकारी, समाजवादी, युवा तुर्कों को इन आँखों ने भी देखा है। मैंने सुना है कि कुछ राजनेता तो सोते भी कुरसी पर ही हैं। एक नेता लिख गए थे कि उनके साथ उनकी कुरसी का भी दाह संस्कार कर दिया जाए, जिससे अगली बार वे कुरसी सहित पैदा हों। शायद उन्हें यह स्वीकार नहीं था कि उनके बाद भी कोई उस कुरसी पर बैठे।

शायद राजनेताओं की कुरसी में कोई विशेष गोंद लगा होता है। जब तक उन्हें धक्का न दिया जाए, तब तक वे उससे चिपके रहते हैं। 20 साल पहले युवा शक्ति को आगे लाने की मुहिम चलाने वाले नेता कुरसी बचाने के लिए अब अनुभव को महत्त्वपूर्ण बता रहे हैं। 'मैं नहीं तू हो' से 'कुरसी बस तू ही' की रथयात्रा कौन भूल सकता है? मुझे किसी कवि की पंक्तियाँ भी ध्यान में आईं—

कुरसी तू बड़भागिनी, कौन तपस्या कीन
साहब से नेता तलक, सब तेरे आधीन।
सब तेरे आधीन, गजब है तेरी माया
तेरा भेद अभी तक कोई समझ न पाया।
एक बार जो चिपका फिर छोड़ी ना जाए
कुरसी तू बड़भाग, यही अनुभव बतलाए।।

किस्सा कुरसी का युगों पुराना है। इंद्र का सिंहासन तो सदा खतरे में रहता था। यहाँ किसी ने तप किया, वहाँ उसकी कुरसी डोली। फिर उसे बचाने के लिए वह जाने क्या-क्या करता था? मुसलिम शासकों में तो कुरसी के लिए बाप ने बेटे का, बेटे ने बाप का, भाई ने भाई का और राजा का मंत्री या सेनापति ने कत्ल कराया। पड़ोसी पाकिस्तान में मियाँ मुशर्रफ ने अपनी कुरसी सुरक्षित करने के लिए बेनजीर और नवाज शरीफ को देश निकाला दे दिया; आज बेनजीर के

पति मिस्टर सेवन परसेंट जरदारी साहब सत्ता में हैं, तो मुशर्रफ बाहर की हवा खा रहे हैं। क्या करें, कुरसी चीज ही ऐसी है।

इंदिरा गांधी यों तो बड़ी साहसी थीं; पर कुरसी खतरे में देख उन्होंने देश में आपातकाल लगा दिया। कांग्रेस अध्यक्ष सीताराम केसरी को महान् कांग्रेसियों ने शौचालय में बंद कर दिया और फिर उस कुरसी पर सोनियाजी डट गईं। है किसी की मजाल जो उन्हें हटा सके। उनके बाद राहुल गांधी वहाँ बैठेंगे, यह भारत के हर बच्चे को पता है। मनमोहन सिंह दो बार बाईपास सर्जरी के बाद भी कुरसी पर डटे हैं, शेखावतजी भी दो बार सर्जरी के बाद उपराष्ट्रपति बने और फिर राष्ट्रपति का चुनाव लड़ा। शरीर भले ही बूढ़ा हो; पर हौसले उनके अभी तक जवान हैं।

मुख्यमंत्री की कुरसी छोड़ने वालों की हालत खुराना, उमा भारती, खंडूरी, कोश्यारी, मरांडी, केशूभाई पटेल और नित्यानंद स्वामी से पूछिये। ऐसी घटनाएँ कांग्रेस में भी होती हैं; पर बदनाम भाजपा वाले अधिक हैं। मुंबई में 26 नवंबर कांड के बाद विलासराव देशमुख को हटना पड़ा। कुरसी छोड़ते ही राजनेताओं का रक्तचाप और हृदय की गति क्यों बढ़ जाती है, यह डॉक्टर ही बता सकते हैं।

मजेदार बात यह भी है कि कुरसी और कुरसी पर बैठे नेताओं के आलोचकों की निगाह भी चौबीस घंटे कुरसी पर ही रहती हैं और वे हर तरह उसे हथियाना चाहते हैं। राजनेता तो बेकार ही बदनाम हैं; पर लेखक, पत्रकार, व्यापारी, कर्मचारी, समाजसेवी..., सब भारी या कमाऊ कुरसी पर ही नजर रखते हैं।

मैंने कुरसी को गौर से देखा, उस पर बैठकर जिधर चाहे घूम सकते थे। राजनेताओं के लिए यह सचमुच बहुत उपयोगी थी। उन्हें एक दल में रहते हुए भी दूसरे दलों में अपनी संभावनाएँ देखनी पड़ती हैं। कौन जाने कब किससे रिश्ता जोड़ना पड़े। रामविलास पासवान की दाल इस लोकसभा चुनाव में जब नहीं गली, तो वे बार-बार सोनियाजी की तरफ देखने लगे। यही हाल लालू का है। जसवंत सिंह को भाजपा ने निकाला, तो अमरसिंह उनकी ओर घूम गए। शायद इस कारण ही राजनेता घुमावदार कुरसी पसंद करते हैं।

उस कुरसी में पहिये भी लगे थे। यह भी नेताओं की बड़ी जरूरत है। ममताजी पहले राजग के साथ रहीं, फिर उन्होंने अपनी कुरसी कांग्रेस के साथ लगा ली। या यों कहें कि कांग्रेस ने ही अपनी कुरसी उधर खिसका ली। यह देखकर अब बुद्धदेव की कुरसी हिल रही है। जयललिता का आज तक कोई भरोसा नहीं कि वे अपनी कुरसी किसके साथ लगाएँगी। यही हाल मायावती का है। भाजपा वालों ने उ.प्र. में कई बार उनसे कुरसी मिलाई; पर हर बार धोखा ही खाया। इन

तीनों प्रौढ़ कन्याओं का स्वभाव एक सा क्यों है, यह शोध का विषय है। मुलायम सिंह कभी कुरसी कांग्रेस के पास लगाते हैं, तो कभी दूर। बिहार में नितीश को सत्ता में स्थिर हुआ देख लालू के कई चेलों ने अपनी कुरसी उधर खिसका ली है। भाजपा की कुरसी महाराष्ट्र में बाल ठाकरे और पंजाब में बादल के साथ काफी समय से मिली है। बरतनों की तरह नेताओं की कुरसियाँ भी टकराती हैं; यद्यपि सत्ता में होने पर प्राय: वे अलग नहीं होतीं।

कुरसी तो आ गई; लेकिन उस पर बैठने का साहस नहीं हो रहा था। पत्नी ने पंडितजी से पूछ कर कहा कि अगली पूर्णिमा शुभ है; पर साथ ही ग्रह शांति के लिए घर में यज्ञ और 21 पंडितों को भोजन कराना पड़ेगा। मरता क्या न करता, मजबूरी में हाँ करनी पड़ी।

यज्ञ के समय तिलक लगाकर एक माला मेरे और एक कुरसी के गले में डाली गई। फिर मेरा एक हाथ पंडित ने और दूसरा पत्नीजी ने थामकर मुझे कुरसी पर बैठा दिया। बच्चों ने ताली बजाई। मुझे लगा, मानो जल्लाद मुझे जबरन फाँसी के फंदे की ओर धकेल रहा हो। बलि के बकरे को भी शायद ऐसे ही ले जाते होंगे। इस सब में मेरे दस हजार रुपए और उठ गए।

अब मैं कुरसी पर बैठता तो हूँ; पर रात में मुझे अजीब से स्वप्न आते हैं। कभी लगता है, कोई कुरसी खींच रहा है; कभी कोई उसे उलटता दिखाई देता है। कभी कुरसी सीधी तो मैं उलटा दिखाई देता हूँ। मैं परेशान हूँ; पर कुरसी आराम से है। जैसे लोग मरते हैं; पर शमशान सदा जीवित रहता है। ऐसे ही नेता आते-जाते हैं; पर कुरसी सदा सुहागन ही रहती है।

कुरसी की महिमा अपरंपार है। यह सताती, तरसाती और तड़पाती है; यह खून सुखाती और दिल जलाती है; यह झूठे सपने दिखाकर भरमाती है; यह नचाती, हँसाती और रुलाती है; यह आते या जाते समय मुँह चिढ़ाती और खिलखिलाती है। यह वह मिठाई है, जिसे खाने और न खानेवाले दोनों परेशान हैं। जिसे मिली, वह इसे बचाने में और जिसे नहीं मिली, वह इसे पाने की जुगत में लगा है। धरती सूर्य की परिक्रमा कर रही है और धरती का आदमी कुरसी की। 21 वीं सदी की आन, बान और शान यह कुरसी ही है।

□

मोबाइल मीटिंग

मेरे दोस्त मुझसे बहुत नाराज हैं। उनका कहना है कि जब सारी दुनिया मोबाइल हो गई है, तो तुम भी एक अदद मोबाइल फोन क्यों नहीं ले लेते; पर मोबाइल न लेने का मेरा निश्चय अटल है। हालाँकि जिस दिन-मेरे घर बरतन साफ करने वाली के पल्लू में घंटी बजी, उस दिन मैंने सिर पीट लिया; पर फिर वह घटना याद आ गई, जिसकी वजह से मैंने यह निश्चय किया था।

बात दो साल पुरानी है, तब मोबाइल की बीमारी शुरू ही हुई थी। प्रायः बड़े लोग पालतू पप्पी की तरह इसे गले में लटकाये फिरते थे। मैं जिस विभाग में काम करता था, वह सड़कें बनवाता था। स्वाभाविक ही उन सड़कों के बारे में जनता को बहुत शिकायतें थीं। समझ नहीं आता था कि गड्ढे में सड़क है या सड़क में गड्ढे हैं।

एक बार मुख्यमंत्रीजी को दुर्घटनावश सड़क मार्ग से कहीं जाना पड़ा। धक्कों से उनके कपड़े शाम तक दो इंच ढीले हो गए। उन्होंने संबंधित मंत्री को गरम किया। मंत्री ने सचिव और सचिव ने अफसर को हड़काया। अफसर ने मुझे समझदार मानकर रिपोर्ट बनाने को कहा। मैंने ईमानदारी दिखाते हुए दो ठेकेदारों को इसमें लपेट लिया। यह देखकर बड़े साहब ने गहन समीक्षा हेतु बैठक बुला ली।

बैठक में बड़े साहब यानी शर्माजी, वर्माजी और गुप्ताजी के साथ मैं भी था। उन सबके पास मोबाइल थे। चाय-काजू के दौर के बाद गहन समीक्षा शुरू हुई।

शर्मा—हाँ तो मिस्टर कुमार, रिपोर्ट बन गई?

मैं—जी साहब, आपके सामने रखी है।

वर्मा—वह तो दिखाई दे ही रही है; पर इसमें है क्या?

मैंने रिपोर्ट पढ़नी शुरू की ही थी कि शर्माजी के मोबाइल की घंटी बज गई।

वे उसमें व्यस्त हो गए।

शर्मा—हाँ मैडम, कहिए क्या हुक्म है?

मैडम—···

शर्मा—अच्छा, ठीक है। मैं फिलहाल एक मीटिंग में व्यस्त हूँ; पर तुम चिंता न करो। मीटिंग जल्दी निबटा कर घर आता हूँ। फिर साथ चल कर तुम्हारी पसंद की साड़ी खरीद लेंगे।

शर्माजी फिर मीटिंग में आ गए।

वर्मा—किसका फोन था?

शर्मा—गृहमंत्रीजी का। हुक्म हुआ है कि शाम को अमीनाबाद में लगी सेल से कुछ साड़ियाँ खरीदनी हैं। हमारी पड़ोसन भी वहाँ से साड़ी लाई हैं, बस तभी से पीछे पड़ी हैं। लगता है आज दो-तीन हजार रुपए का खून हो जाएगा।

वर्मा—तुम ठीक कहते हो, परसों मेरी बीवी भी वहाँ गई थी। लौटकर पाँच हजार का बिल थमा दिया। इन बीवियों को घर लाना जितना आसान है, निभाना उतना ही मुश्किल है।

मैं—सर, बात शुरू करें?

शर्माजी साड़ियों के संभावित बजट के बारे में सोचकर परेशान थे। गुस्से में बोले—तो अब तक क्या बकवास हो रही थी? खैर बोलो।

मैं—मैंने आपके आदेशानुसार जाँच की थी···

तब तक वर्माजी का मोबाइल बोल उठा। उन्होंने उसे कान पर लगाकर बैठक कक्ष का एक कोना सँभाल लिया।

वर्मा—हलो कौन?

मैं रामलाल। आज लखनऊ आया था, सोचा तुमसे मिलता चलूँ। तुम कहाँ हो?

वर्मा—मैं तो एक मीटिंग में हूँ; पर तुम बताओ।

रामलाल—मुझे कुछ सरकारी काम है। तुम गाड़ी लेकर आ जाओ, तो जल्दी हो जाएगा। फिर शाम को क्लब चलेंगे। बहुत दिन से तुम्हारे साथ बैठकर खाना-पीना भी नहीं हुआ।

वर्मा—ठीक है, थोड़ी कागजी खानापूरी कर आता हूँ।

इतना कहकर वर्माजी कुरसी पर विराजमान हो गए।

शर्मा—किस विभाग का काम है तुम्हारे दोस्त का?

वर्मा—मालूम नहीं; पर वह बहुधंधी आदमी है। पुराना दोस्त है, उसका कुछ भला हो जाए, तो अच्छा ही है।

शर्मा—हाँ-हाँ, दोस्त की सहायता तो करनी ही चाहिए।

मैं—मंत्रीजी ने सड़कों के बारे में जो रिपोर्ट माँगी थी…

शर्मा—क्या मंत्रीजी ने साड़ियों के बारे में रिपोर्ट माँगी थी?

मैं—नहीं सर, सड़कों के बारे में। यह मीटिंग इसीलिए हो रही है।

शर्मा—हाँ, यह तो मैं भी जानता हूँ।

तभी फिर मोबाइल घनघना उठा। इस बार गुप्ताजी का बेटा बोल रहा था—पापा, स्कूल वालों ने आपको बुलाया है।

गुप्ता—जरूर तुमने कुछ गलत काम किया होगा।

बेटा—नहीं, कल सब लड़के पिक्चर गए थे। मजबूरी में मुझे भी जाना पड़ा। इसी से प्रिंसिपल साहब नाराज हैं।

गुप्ता—पर मैं तो एक मीटिंग में हूँ।

बेटा—नहीं, नहीं। आपको आना ही है। वरना वे नाम काट देंगे।

गुप्ता—अच्छा, अभी आधे घंटे में आता हूँ।

गुप्ताजी फिर मीटिंग के एजेंडे पर आ गए—भाई कुमार, काम कुछ जल्दी निबटाओ। बच्चे के स्कूल जाना है।

मैं—सर, अभी तो एक पृष्ठ भी नहीं पढ़ा गया है। पूरी रिपोर्ट तीस पृष्ठ की है।

शर्मा—तीस पृष्ठ? फिर तो शाम हो जाएगी। ऐसा करो, तुम हमारे हस्ताक्षर करा लो। हम मान लेंगे कि गहन समीक्षा हो गई। मंत्रीजी को इसे देखने की फुरसत कहाँ है? सुना है कि अगले हफ्ते उनका विभाग ही बदला जा रहा है।

मैं—पर सर, एक बार पूरी रिपोर्ट पढ़ तो लेते।

वर्मा—हमें तुम्हारी समझदारी पर पूरा विश्वास है।

इस पर बाकी भी सहमत दिखे और सबने हस्ताक्षर कर दिए। इस प्रकार गहन समीक्षा मीटिंग समाप्त हो गई।

पर असली झंझट इसके बाद हुआ। रिपोर्ट में जिन ठेकेदारों को मैंने दोषी ठहराया था, वे मंत्रीजी की नाक के बाल थे। उनका तो कुछ नहीं बिगड़ा; पर मैं बरखास्त कर दिया गया। गलती वास्तव में मेरी ही थी। मैंने ईमानदारी दिखाई, जबकि मुझे समझदारी दिखाने को कहा गया था। इसका दोष उन घंटियों को भी है, जिनके कारण गहन समीक्षा मीटिंग 'मोबाइल मीटिंग' हो गई।

बस, उसी दिन से मैंने इस बीमारी से दूर रहने का निश्चय कर लिया। आज भी मैं उस पर दृढ़ हूँ।

□

कूड़ा जनता के सौजन्य से

पिछले दिनों मुझे भारत के एक महान् राज्य की राजधानी में कुछ दिन के लिए विहार करना पड़ा। मामला ताजी-ताजी बनी ससुराल से संबंधित था, इसलिए लौट नहीं सकता था, और हालात ऐसे थे कि रहना मुश्किल। इसी कशमकश में चार दिन बिताने पड़े।

मुझे सुबह उठकर घूमने की बीमारी है। चाहे जहाँ रहूँ, सुबह उठते ही टाँगे बाहर निकलने को मचलने लगती हैं। वहाँ भी ऐसा ही हुआ। मुझे बताया गया था कि घर के बाईं ओर एक कि.मी. चलने पर एक बहुत बड़ा पार्क है। वहाँ शहर के बड़े-बड़े लोग टहलने आते हैं, इसलिए मैं भी वहीं पहुँच गया। मुख्य द्वार पर बड़ा सा बोर्ड लगा था—मनोहर उद्यान, नगर निगम के सौजन्य से निर्मित। मैंने नगर निगमवालों को धन्यवाद दिया और पार्क में घुस गया।

पार्क का माहौल काफी अच्छा था। पुरुष और स्त्रियों से लेकर बच्चे और बूढ़े तक वहाँ थे। एक कोने में कुछ लोग बेंचों पर जमे बतिया रहे थे, तो कुछ अकेले बैठे थे। साफ लग रहा था कि वे अपनी थकान मिटा रहे हैं। अधिकांश बेंचों पर कुछ नाम खुदे थे। मैंने एक बेंच को गौर से देखा। "श्री रामलालजी पत्थरवालों के पौत्र, श्री श्यामलालजी बजाज के पुत्र श्री गिरधारीलालजी सर्राफ के सौजन्य से। यह बेंच उन्होंने अपने पुत्र राजकुमार की स्वर्गीय पत्नी राजरानी की स्मृति में बनवाई।" मुझे लोगों की वंशावली पढ़ने में रुचि नहीं थी, इसलिए आगे बढ़ गया।

कुछ दूरी पर स्वामी रामदेव से प्रभावित लोग अनुलोम-विलोम प्राणायाम कर रहे थे। पीछे की तरफ कुछ लोग घेरा बनाए हाथ ऊपर उठाकर जोर-जोर से हँस रहे थे। पता लगा कि ये लोग 'लाफिंग क्लब' के सदस्य हैं। बच्चों की महफिल

अलग जमी थी। अधिकांश तो राष्ट्रीय बीमारी क्रिकेट में ही व्यस्त थे; पर कुछ फुटबाल भी खेल रहे थे। निःसंदेह यह जर्मनी में चल रही विश्व फुटबाल प्रतियोगिता का असर था। पार्क काफी बड़ा था। मैं भी तेज-तेज टहलकर अपना दैनिक कोर्स पूरा करने लगा। सचमुच पार्क के इस हिस्से का माहौल काफी खुशनुमा था।

पर दूसरे हिस्से के भाग्य इतने अच्छे नहीं थे। यत्र-तत्र पशु घूम रहे थे। मैं समझ गया कि ये निश्चित रूप से चारा प्रेमी पूर्व मुख्यमंत्री के सौजन्य से आए होंगे। पशु भी नर से लेकर मादा तक कई वैरायटी के थे। कुछ के चेहरे की चमक से लग रहा था कि वे पालतू हैं और अपने मालिकों की तरह उन्हें भी सुबह घूमने का शौक है; पर कई के शरीर की हड्डियाँ उनके लावारिस होने की घोषणा कर रही थीं। वहाँ फैली दुर्गंध के कारण खड़ा होना मुश्किल था। इसलिए मैंने तेजी से तीसरे कोने की ओर कदम बढ़ा दिए।

तीसरे कोने का दृश्य तो और भी निराला था। वहाँ एक मूर्ति लगी थी। गौर से देखा, तो वह हिंदी के एक प्रसिद्ध कवि और साहित्यकार की थी। वे प्रदेश के ही नहीं, देश और हिंदी भाषा के गौरव थे। नीचे साफ लिखा था कि इसे 'दिनकर सेवा संस्थान' के सौजन्य से स्थापित किया गया है। मैं समझ गया कि इस कोने के दिन इनकी जन्मतिथि पर ही बहुरते होंगे। ठीक भी तो है, दिनकर की पूजा अस्त होने के बाद कौन करता है? मैंने उन्हें प्रणाम किया और आगे बढ़ गया।

अब बस चौथा कोना देखना बाकी था। मेरे टहलने का कोर्स पूरा हो रहा था। समय भी काफी हो चला था। मुझे डर था कि अधिक देर हो गई, तो घरवाले थाने में रिपोर्ट न लिखा दें। प्रदेश के हालात पिछले कई साल से ऐसे ही चल रहे थे। शासन यद्यपि बदल गया था; पर माहौल वैसा ही था।

इस कोने को मनोहर उद्यान का हिस्सा कहना ठीक नहीं था। लगता था पूरे मोहल्ले का कूड़ा वहाँ डाल दिया गया हो। यद्यपि चहल-पहल वहाँ भी काफी थी। देश की नई पीढ़ी कंधे पर बड़े-बड़े बोरे और हाथ में लंबे काँटे लिए कूड़े में से प्लास्टिक के सामान को अलग कर बोरों में भर रही थी। दो लड़के तो एक टूटी कुरसी के लिए लड़ने ही लगे। सचमुच कुरसी की महिमा ही ऐसी है। मैं समझ गया कि इनका भविष्य बड़ा उज्ज्वल है। आज टूटी कुरसी के लिए लड़ रहे हैं, तो कल सांबुत कुरसी के लिए किसी की जान तक ले लेंगे। निःसंदेह देश का भविष्य इनके हाथों सुरक्षित है।

पर मुझे किसी और चीज की तलाश थी। पार्क में हर चीज का निर्माण किसी-न-किसी के सौजन्य से हुआ था; पर इस कूड़ाघर के सौजन्यदाता का नाम कहीं नहीं

था। एक बार सोचा कि दीवार के पास का कूड़ा पलटकर देख लूँ, शायद वहाँ किसी का नाम लिखा हो; पर दूसरे ही क्षण यह विचार आया कि किसी ने मेरे ससुराल में खबर कर दी, तो···। इसलिए यह विचार टालना पड़ा।

पर मेरे दिमाग का कीड़ा मुझे चैन नहीं लेने दे रहा था। घर में मैंने इसकी चर्चा की, तो सब लोग मुझे ऐसे देखने लगे, जैसे मैं चिड़ियाघर की दीवार फाँद कर भाग आया हूँ। मेरी पत्नी तो झगड़ ही पड़ी—तुम अपनी शोधवृत्ति लखनऊ तक सीमित रखो, यहाँ के लोगों को परेशान मत करो।

अगले दिन सुबह फिर मैं मनोहर उद्यान में जा पहुँचा। प्रश्न मन में घूम ही रहा था कि यह कूड़ा किसके सौजन्य से आया है। वहाँ टहलने और टहलकर आराम करने वालों से पूछा। लाफिंग क्लब और प्राणायाम करने वालों से पूछा। बच्चों से भी पूछा। हर कोई मेरी तरफ देखता और मुसकरा देता। पूछा तो मैंने पशुओं से भी; पर वे मेरी बात समझ नहीं पाये। आखिरकार उन कूड़ा बीनने वालों से ही पूछना पड़ा। एक बुजुर्ग हँसा—बाबूजी, लगता है आप कहीं बाहर से आए हैं। यह कूड़ा पार्क में टहलने वाले लोगों के घरों से ही आया है। वे ही इसे यहाँ फेंकते हैं। वे यह नहीं समझते कि जैसे घर उनका है, वैसे ही यह पार्क और शहर भी उनका ही है। सच बात तो यह है बाबूजी, कि यह पैसे और डिग्रीवाले शहरी लोगों के दिमाग का कूड़ा है। इसके बाद भी उनकी समाज में इज्जत है और इसे साफ करने वाले हम लोगों को सब गंदा समझते हैं।

मैं शर्म से पानी–पानी हो गया। उस बुजुर्ग ने केवल मुझे ही नहीं, पूरे शहर को शीशा दिखाया था। मैंने बाजार से एक बोर्ड बनवाया और उसे कूड़ाघर के पास रखवा दिया। उस पर मोटे अक्षरों में लिखा था 'यह कूड़ा जनता के सौजन्य से'।

रात को मैंने लखनऊ की गाड़ी पकड़ ली।

□

राजू उठ, बैट पकड़

बस साहब, मेरी व्यथा-कथा न पूछें। मैं भी आम लोगों की तरह बचपन से लेकर आज तक कई बार बीमार और फिर ठीक हुआ; पर पिछले दिनों जिस नई मुसीबत से पाला पड़ा, उसने दिन का चैन और रात की नींद उड़ा दी।

हुआ यों कि हमारे दफ्तर में सब कर्मचारियों के लिए निःशुल्क स्वास्थ्य जाँच शिविर लगाया गया। उस शिविर में बेशर्म डॉक्टरों ने मेरी ऊपर से लेकर नीचे तक और आगे से लेकर पीछे तक की जाँच की। कपड़ों के अंदर से लेकर बाहर तक न जाने उन्होंने क्या-क्या देखा, छुआ और टटोला। कभी खाँसने को कहा, तो कभी खंखारने को। मुँह को तो एक बार इतना खुलवाया, मानो उसके अंदर बैठकर ही जाँच करनी हो। एक-एक दाँत को चिमटी से हिलाकर उसकी मजबूती देखी। मैं एक संस्कारित परिवार में पला-बढ़ा हूँ; पर यहाँ डॉक्टर को आँखें दिखानी पड़ीं। खून से लेकर थूक तक की जाँच हुई। सच, बताते हुए भी घिन होती है कि कुछ चीजें उन्होंने अगले दिन शीशी और माचिस की डिबिया में मँगवाई। कई तरह के निरीक्षण-परीक्षण के बाद वे बोले—आप फिलहाल तो ठीक हैं; पर यदि आपने सुबह घूमना शुरू नहीं किया, तो आपकी पत्नी के विधवा होने का खतरा है।

मैं आसमान से ऐसे धरती पर आ गिरा, जैसे दो साल पहले राजग सरकार गिरी थी। मुझे अटलजी और आडवाणीजी से भी ज्यादा गहरा सदमा लगा। अब मैं ऊपर से तो मदनलाल खुराना की तरह हँसता रहता हूँ; पर अंदर का हाल उमा भारती जैसा है। मरता क्या न करता, डॉक्टर की बात मानकर तब से रोज सुबह टहलने जा रहा हूँ। लगता है यदि यही आदत बनी रही, तो यमराज के दूतों को

घर तक आने का भी कष्ट नहीं उठाना पड़ेगा। सड़क पर से टहलते हुए ही वे भैंसे पर बैठा लेंगे।

मैं सोचता था कि अधिकांश लोग मेरी ही तरह सूर्यवंशी (सूर्य सिर पर आने के बाद उठनेवाले) हैं; पर मैं जिधर भी गया, तरह-तरह के लोग टहलते मिले। कुछ अकेले, कुछ दुकेले और कुछ समूह में। कुछ अपने बच्चों के साथ, तो कुछ कुत्तों के बच्चों के साथ। मैंने सोचा क्यों न घूमनेवालों के बारे में एक शोध प्रबंध ही तैयार कर लूँ। कल को यदि अपनी पार्टी की सरकार आ गई, तो किसी विश्वविद्यालय से इस पर पी-एच.डी या डी.लिट. जैसी किसी उपाधि का जुगाड़ बनवा लूँगा। वरना किसी सरकारी संस्थान से बीस-तीस हजार का पुरस्कार तो कहीं गया ही नहीं।

शोध का नियम है सरल से कठिन की ओर जाना। मैंने इसका अर्थ यह लगाया कि मैं पहले घूमनेवाले बच्चों की आदतों का अध्ययन करूँ, फिर क्रमशः युवा, अधेड़, प्रौढ़ और अपनी श्रीमतीजी के सौभाग्य से यदि इसके बाद भी खर्च होने से बच गया, तो फिर बूढ़ों की तरफ बढ़ूँ। मैंने रात को देर तक बैठकर एक प्रश्नावली बनाई, जिसके आधार पर मुझे शोध करना था। बिस्तर पर लेटा, तो भी वही प्रश्नावली दिमाग में घूमती रही। इस कारण सुबह हर दिन से भी अधिक देर से आँख खुली। इस चक्कर में पत्नी से डाँट पड़ी, सो अलग; पर मैं हताश नहीं हुआ। अगली रात अलार्म लगाकर सोया और ठीक समय से उठकर निकल पड़ा।

सुबह का दृश्य बड़ा सुहावना था। मैंने देखा, अपने पड़ोस के राजू-काजू, पिंटू-चिंटू, सोनू-मोनू सब ही तो घूमने जा रहे थे। राजू के हाथ में बैट था, तो काजू के हाथ में बॉल। पिंटू दस्ताने पकड़े था, तो चिंटू पैड। सोनू ने विकेट थाम रखी थी, तो मोनू ने हैलमेट। ऐसा लग रहा था मानो खेलने नहीं, लड़ने जा रहे हों। वे बार-बार बैट और विकेट को जमीन पर पटक रहे थे। बातचीत में वे हिट विकेट, कवर, गली, बोल्ड, लैग जैसे खतरनाक शब्द भी बोल रहे थे। मुझे लगा कि यदि मैंने उन्हें टोका, तो वे कहीं जरूरत से ज्यादा बोल्ड होकर मुझे ही हिट कर अपनी गली में मेरी कब्र न बना दें। मेरी लैग वैसे ही कुछ कमजोर हैं। इसलिए उनके इस आक्रामक मूड को देखकर कुछ पूछने का विचार फिलहाल मैंने टाल दिया।

अगले दिन मैंने दूसरी सड़क पर जा रहे कुछ बड़े बच्चों पर ध्यान लगाया। नीलू के हाथ में गुटखे की लड़ी थी, तो पीलू के हाथ में बोतल। गंगू मुँह में पान मसाला दबाए मोबाइल से अपनी गर्लफ्रैंड से बतिया रहा था, तो मंगू के मोबाइल पर एस.एम.एस कॉल आ रही थी। अहमद अपने मोबाइल कैमरे में कुत्ता प्रजाति के

कुछ प्रणय दृश्य कैद करने में व्यस्त था, तो रहमत किसी फीमेल को ई.मेल करने के लिए जूझ रहा था। यह देखकर मैं हीनभावना से ग्रस्त हो गया, क्योंकि मैंने अपने जीवन में इन आधुनिक सुविधाओं का रस कभी प्राप्त नहीं किया था।

तीसरे दिन देखा, एक जवान पार्टी चौराहे पर खड़ी कुछ योजना बना रही थी। मैंने उधर कान लगाए। वहाँ गब्बर अपने अध्यापक को पीटने की चर्चा कर रहा था, तो जब्बर पेपर आउट करने की। सब्बल क्लास टीचर को पटाने की जुगाड़ में था, तो भुजबल प्रिंसिपल को निबटाने की फिराक में। उनके पास हॉकी, चेन, चाकू आदि उपकरण देखकर मैंने वहाँ से टलना ही उचित समझा।

अब मैं क्या करूँ? शोध शुरू होने से पहले ही मक्खी ने छींक दिया था। अत: घबराकर मैंने शोध का विचार त्याग दिया। बच्चों का यह हाल है, तो बड़ों का क्या होगा? भावी भारत के इस वर्तमान को देखकर मुझे चिंता होने लगी। मुझे बचपन में पढ़ा हुआ एक पाठ याद आ गया। उसमें लिखा था—

राजू उठ, मुँह धो, खाना खा, बस्ता उठा, स्कूल जा, गुरुजनों के पैर छू, पाठ पढ़…।

यदि इस पाठ के लेखक आज होते, तो शायद वे लिखते—

राजू उठ, गुटखा दबा, बैट उठा, रन बना, मोबाइल ले, कॉल कर, अध्यापकों से लड़, लड़कियों से आँख लड़ा…।

हर रोज यही दृश्य देखकर मैं टहलना बंद करने पर विचार करने लगा हूँ। आपके पास कोई बीच का रास्ता हो, तो बताएँ।

□

मेरे घर के सामने

न–न; आप किसी भ्रम में न पड़ें। मैं उस पुराने फिल्मी गाने की पैरोडी नहीं बना रहा हूँ, जिसमें 'तेरे घर के सामने इक घर बनाने' की धमकी दी गई थी। मैं तो अपने घर के सामने वाले मैदान के नाम को लेकर परेशान हूँ। यदि आपके पास इसका कोई समाधान हो, तो बताने की कृपा करें।

मेरे घर के सामने एक मैदान है। कहते हैं कि वह कुरुक्षेत्र के उस मैदान से भी पुराना है, जहाँ महाभारत का युद्ध हुआ था। उस मैदान का कोई निश्चित नाम नहीं है; पर जब से हाथरस और महामाया नगर के नामबदल का विवाद गरमाया है, तब से उस मैदान के नाम की भी समस्या उठ खड़ी हुई है।

आप जानते ही हैं कि उत्तर प्रदेश में अलीगढ़ के पास हाथरस शहर है। काका से लेकर निर्भय हाथरसी जैसे हास्य रस के कवियों ने उसे विश्व प्रसिद्ध कर दिया है। भाजपा नेता कल्याण सिंह भी यहीं के निवासी हैं। 1997 में मुख्यमंत्री मायावती ने उसका नाम भगवान् बुद्ध की माता के नाम पर महामायानगर कर दिया। कल्याण सिंह तब तो चुप रहे; पर जब वे मुख्यमंत्री बने, तो उन्होंने उसका पुराना नाम बहाल कर दिया। 2002 ई. में मायावती ने मुख्यमंत्री बनकर फिर उसका नाम महामायानगर कर दिया। कुछ लोगों का कहना है कि यह और कुछ नहीं, माया और महामाया के बीच का घालमेल है; पर पिछले दिनों मुलायम सिंह ने यह नाम फिर बदल दिया। अब हाथरस के लोगों को भय है कि यदि अगले चुनाव में मायावती आ गईं, तो शहर का नाम फिर बदला जाएगा।

यह विवाद देखकर मेरे मोहल्ले वाले चिंतित हो उठे। दो साल पहले हुबली में रानी चेनम्मा बनाम ईदगाह मैदान का विवाद हुआ था। इसमें उमा भारती ने अपनी

टाँग क्या फँसाई, बेचारी आज तक मध्य प्रदेश की सत्ता से बेदखल हैं। इसलिए मोहल्ले वालों ने अपनी पिछली बैठक में निर्णय लिया कि नगरपालिका के जागने से पहले ही मैदान को कोई उचित नाम दे दिया जाए। पता नहीं मेरे हाईस्कूल फेल चेहरे में उन्हें क्या नजर आया कि उन्होंने यह काम मुझे सौंप दिया। मैंने बहुत कहा कि इस मामले में मैं अनुभव-शून्य हूँ। यहाँ तक कि मेरा अपना नाम भी मेरे माता-पिता ने रखा था; पर मेरे सिर पर यह भार डाल ही दिया गया।

अगले रविवार को मैं फुरसत से बैठकर सुबह की चाय पी रहा था कि क्रिकेट का साज-बाज सँभाले आठ-दस बच्चे आ गए—अंकल, इस मैदान में हम तबसे क्रिकेट खेल रहे हैं, जब आपका जन्म भी नहीं हुआ था। इसलिए मैदान का नाम 'क्रिकेट ग्राउंड' होना चाहिए।

उन्होंने चलते-चलते अपना बैट जोर से धरती पर पटका। इससे नीचे रखा चाय का कप क्लीन बोल्ड हो गया। मैं शहीद हुए अपने कीमती कप की अस्थियाँ बटोर ही रहा था कि कुछ और युवक आ धमके। मैंने उन्हें प्रायः मैदान पर फुटबॉल खेलते देखा था। मुझे अब मेज-कुरसी की चिंता होने लगी।

—सर, आप क्रिकेट वालों की फिक्र न करें। उन चूहों से हम निबट लेंगे। आप तो बस मैदान का नाम 'फुटबाल मैदान' रखवा दें। फिर हम आपके नाम पर भी साल में एक टूर्नामेंट करवा देंगे।

चलते हुए उन्होंने दीवार की तरफ गेंद उछालकर पेनाल्टी किक लगाई। उससे वहाँ लगी एक बहुत पुरानी पेंटिंग कराह उठी। यह देखकर मैंने बाहर ही बैठना उचित समझा। अबकी मैदान में कसरत करने और कुश्ती लड़नेवाले आए थे। मैंने दूर से ही उन्हें नमस्ते कर कहा—मैं समझ गया, आप मैदान को 'कुश्ती मैदान' घोषित करवाना चाहते हैं। आपके सुझाव पर भी गौर किया जाएगा।

अब मुझे चिंता हो गई। यदि इसी तरह लोग आते रहे, तो मेरी तो सारी छुट्टी खराब हो जाएगी। पर जिम्मेदारी दी गई है, तो निभानी तो है ही। इसलिए मन मारकर फिर बैठ गया।

उनके जाते ही रामलीला कमेटीवाले आ गए। साल में एक बार मैदान में रामलीला होती थी, इसलिए उनकी रुचि उसे 'रामलीला मैदान' घोषित करवाने में थी। ये शहर के प्रतिष्ठित लोग थे, इसलिए उन्हें चाय भी पिलानी पड़ी। दोपहर में महिलाओं ने आकर धरना दे दिया। उनका कहना था कि सावन में तीज और झूला महोत्सव वे इसी जगह करती हैं, इसलिए वे इसे 'झूला मैदान' घोषित कराकर ही वापस जाएँगी। मैं बड़े धर्मसंकट में फँस गया। जैसे-तैसे उन्हें चाय और पकौड़ी

से संतुष्ट कर वापस भेजा।

सुबह से लोगों के विचार सुन-सुनकर मेरे सिर में दर्द हो गया। कई बार चाय बनाकर मेरी पत्नी भी झल्ला गई थी। इसलिए मैं जल्दी ही सो गया; पर रात को ढाई बजे अचानक घंटी बजी। देखा कि कच्छा-बनियान पहने कुछ लोग हाथ में डंडे लिए खड़े हैं। मैं चिल्लाने ही वाला था कि उनका मुखिया बोला—बाबूजी, आज हम आपको लूटने नहीं आए। यह करना होता, तो घंटी बजाकर न आते। असल में इसी मैदान में हम लूट का बँटवारा करते हैं। कभी-कभी कुछ आसामियों को ठिकाने भी यहीं लगाते हैं। इसलिए इसका नाम 'लूटमार मैदान' ही रखिएगा। और हाँ, यदि हमारी बात न मानी, तो अगली बार बिना बताए छत फाँदकर आएँगे।

मेरी नींद उड़ गई। क्या बला मैंने अपने सिर ले ली? सुबह उठा ही था कि धोबियों का प्रतिनिधिमंडल आ गया। उनका सुझाव था कि वे इस मैदान में ही कपड़े सुखाते हैं, इसलिए उसे 'धोबी मैदान' कहना चाहिए। मैं गुस्से में अपने बाल नोचने लगा। मैंने निश्चय कर लिया कि अभी जाकर मोहल्ला कमेटी के अध्यक्ष को बताता हूँ कि मुझे माफ करें, मैं यह काम नहीं कर सकता।

मैं घर से निकला ही था कि बाहर खड़े गधों ने घेर लिया। वे बोले—हमारी पचासों पीढ़ियाँ यहीं घास चरकर बड़ी हुई हैं। विश्वास न हो, तो लालूजी से पूछ लो। बहुत दिनों तक उन्होंने भी हमारा साथ दिया है। इसलिए मैदान का नाम रखते समय हमें मत भूलना।

मुझसे अनेक लोगों ने भेंट की थी; पर मैं गधों से सर्वाधिक प्रभावित हुआ। मुझे लगा कि यह निरीह प्राणी सदा उपेक्षित ही रहा है। 'एक गधे की आत्मकथा' लिखकर किशन चंदर ने जरूर इनका आशीर्वाद पाया है। क्यों न मैं भी इन भाइयों की सेवा कर साहित्य में तो नहीं, पर शहर के इतिहास में अपना नाम लिखवा लूँ। मैंने आनन-फानन में अपनी संस्तुति अध्यक्ष को दे दी कि मैदान का नाम 'गधा मैदान' रख दिया जाए।

अब बात मेरे हाथ से निकल चुकी है। आपको कोई सुझाव देना हो, तो सीधे अध्यक्षजी को दें। धन्यवाद।

□

अनेकता में एकता, भारत की विशेषता

छुट्टी का दिन यों तो अब हर दूसरे-चौथे दिन आ जाता है; फिर भी रविवार का अपना ही आनंद है। सुबह आराम से उठना, दो-तीन राउंड चाय पीते हुए अखबार पढ़ना, ठंड हो तो धूप में बैठकर तेल मालिश और फिर फुरसत से स्नान का अलग ही मजा है।

पर कल सुबह चाय पीते समय वर्माजी आ टपके। राम-राम न श्याम-श्याम; आते ही वे मुझ पर बरस पड़े—तुमसे ऐसी आशा नहीं थी कुमार। तुम दिन भर अखबारों में डूबे रहते हो, इससे मुझे लगा कि तुम्हें साहित्य की कुछ समझ होगी; पर तुमने मेरे बेटे को क्या बताया कि निबंध प्रतियोगिता में उसके सबसे कम नंबर आए हैं?

अब जाकर बात मेरे भेजे में आई। वर्माजी का बेटा चिंटू आठवीं में पढ़ता है। उसके विद्यालय में पिछले दिनों निबंध प्रतियोगिता हुई। उसका विषय था 'अनेकता में एकता, भारत की विशेषता'। वर्माजी ठहरे व्यापारी, उन्हें दिन भर नोट गिनने से ही फुरसत नहीं। सो उन्होंने चिंटू को मेरे पास भेज दिया।

यों तो इस विषय पर मैंने बचपन में एक निबंध लिखा था; पर मैंने सोचा कि अब समय बदल गया है। सैद्धांतिक बातों के बदले यदि कुछ व्यावहारिक बातें लिखी जाएँ, तो शायद अध्यापक उसे अधिक पसंद करेंगे; पर निबंध के निर्णय से पता लगा कि शिक्षा भले ही आगे बढ़ गई हो; अध्यापक आज भी जहाँ के तहाँ हैं।

मैंने जो बिंदु चिंटू को बताए थे, उसके कुछ अंश यहाँ प्रस्तुत हैं। इन्हें पढ़ कर आप ही बताएँ कि मुझ गरीब का क्या दोष है?

भारत एक प्राचीन देश है। भारत में जितने राज्य हैं, वे सब अपने को अति

प्राचीन बताते हैं। भारत की सभी भाषाएँ, बोलियाँ और लिपियाँ भी खुद को अत्यधिक प्राचीन कहती हैं। कुछ तो अपना जन्म अपनी माँ से भी पहले का बताती हैं। इससे स्पष्ट है कि भारत के सब राज्यों में अनेकता होने पर भी एकता है।

भाषाएँ प्राचीन हों या नवीन; पर उनमें आपसी झगड़ा हर प्रदेश में होता है। असम में हिंदीभाषियों को गोली मारी जाती है, तो मुंबई के एक नेता सबको सिर्फ मराठी ही बोलने का आदेश देते हैं। तमिलनाडु में हिंदी बोलनेवाले पिटते हैं, तो दूरदर्शन पर आनेवाले फूहड़ हास्य कार्यक्रमों में सिंधी, हरियाणवी, तेलुगु आदि की हँसी उड़ाई जाती है; लेकिन अपनी भाषा पर अत्यधिक गर्व करने के बावजूद सबका अंग्रेजी के प्रति बराबर मोह है। वे उसे अपनी प्रगति का सबसे बड़ा सूत्र मानते हैं। इसलिए बातचीत में अंग्रेजी के कुछ शब्द या वाक्य घुसेड़ना लोग अपनी शान समझते हैं। पत्र-पत्रिकाओं और दूरदर्शन पर अंग्रेजी शब्द, शीर्षक और मुहावरे धड़ल्ले से प्रयोग किए जा रहे हैं। हिंदी पत्रों में तो अंग्रेजी ही नहीं, उर्दू और अरबी-फारसी तक घुसपैठ कर चुकी हैं। सब तरफ खिचड़ी भाषा के इस प्रचलन से साफ प्रकट होता है कि भारत में 'अनेकता में एकता' है।

विद्यालयों में अनुशासन और शैक्षिक वातावरण के बदले ट्यूशन और कोचिंग का जोर है। छात्र कक्षा में नहीं, अपने कपड़ों पर विदेशी कंपनियों के विज्ञापन चिपकाए बाजार में फैशन परेड करते मिलते हैं। किताबें भले ही न हों; पर मोबाइल और मोबाइक हर छात्र के पास जरूर होंगे। छात्र राजनीति में भी देश और प्रदेश की तरह जातिवाद, क्षेत्रवाद और हत्या-हिंसा जैसे गुण आ गए हैं। यह माहौल पूरे देश में व्याप्त है। इससे पता लगता है कि हमारा देश 'अनेकता में एकता' का सुंदर उदाहरण है।

केरल हो या कर्नाटक, पंजाब हो या जम्मू-कश्मीर, दिल्ली हो या मुंबई; आतंकवाद ने सब तरफ जड़ें जमा ली हैं। हर प्रांत में विस्फोट हो रहे हैं। हर दिन हथियार पकड़े जा रहे हैं, जो जल, स्थल और वायु अर्थात हर मार्ग से आ रहे हैं। आतंकियों को छुड़ाने और उनकी फाँसी माफ कराने का अभियान सब ओर चल रहा है। एक नहीं, अनेक दल इसमें सक्रिय हैं। लेखक, प्राध्यापक, नेता, सरकारी अधिकारी, पत्रकार···सब राष्ट्रीय महत्त्व के इस काम में लगे हैं। इससे भी 'अनेकता में एकता' की धारणा पुष्ट होती है।

भ्रष्टाचार हर नगर, जिले, दफ्तर और मेज पर विराजमान है। नेता हों या अभिनेता, सांसद हों या मंत्री; पैसे सब ले रहे हैं। पहले हर सौदे के लिए 'सेवन परसेंट' का जोर था, अब हर प्रश्न के अलग दाम हैं। नंबर दो का धंधा पूरी ईमानदारी

से चल रहा है। सिद्धांतहीन गठबंधन हर तरफ बनने लगे हैं। सरकारों की उम्र पर अनिश्चितता के बादल हर प्रांत में मँडरा रहे हैं। 'अनेकता में एकता' का इससे बड़ा उदाहरण और कहाँ मिलेगा?

रेल और बस तो पहले ही समय पर नहीं चलती थीं, अब इस श्रेणी में वायुयान भी आ गए हैं। उत्तर हो या दक्षिण, पूरब हो या पश्चिम, पूरे भारत में गंदगी, जाम और सड़कों पर अवैध कब्जे मिलते हैं। पैदल यात्री कहाँ चले, यह बतानेवाला कोई नहीं है। सुबह चार बजे से वैध-अवैध धार्मिक स्थलों पर भोंपू बजने लगते हैं। वाहनों का शोर और धुआँ, हर शहर में सीमा से बाहर हो रहा है। बच्चे भले ही भूल गए हों; पर बिजली आँख मिचौली खेलती रहती है। यह 'अनेकता में एकता' नहीं तो और क्या है?

शराब, शबाब और कबाब का प्रचलन देश भर में बढ़ रहा है। राम, कृष्ण और बुद्ध के बाद अब गांधीगिरी कर गांधी की पॉलिश उतारी जा रही है। किसान आत्महत्या कर रहे हैं। अब बारी छोटे व्यापारियों की है। भारती, अंबानी से लेकर वाल मार्ट जैसी कंपनियाँ दानवाकार मॉल खोल रही हैं। पूरे देश में फैलते इनके जाल को देखकर भी 'अनेकता में एकता' के बारे में क्या कुछ संदेह रह जाता है?

दादरी, सिंगूर या फिर नंदीग्राम; गरीब की लंगोटी और किसान की सूखी रोटी पर सबकी नजर है। उन्हें लालच और धमकी देकर अपनी भूमि छोड़ने को कहा जा रहा है। वे शहरों में मजदूरी करने पर मजबूर हो रहे हैं। कुछ लोग अधिक खाकर, तो कुछ भूख से मर रहे हैं। देश पर मरनेवालों को कोई नहीं जानता; पर अभिनेता और क्रिकेट खिलाड़ियों को सब पहचानते हैं। लड़कियों के तन से कपड़े पूरे देश में कम हो रहे हैं। फिल्मों में नंगापन बढ़ रहा है। दूरदर्शनवाले एस.एम.एस. से वोट देने की होड़ बढ़ाकर दर्शकों को उल्लू बना रहे हैं। बच्चों और बच्चियों के अपहरण, हत्या से लेकर बलात्कार तक हर जगह हो रहा है। नोएडा हो या दिल्ली, कविता हो या मधुमिता, जेसिका लाल हो या शिवानी भटनागर, हर राज्य एक-दूसरे से होड़ ले रहा है। क्या इससे 'अनेकता में एकता' प्रकट नहीं होती?

ऐसी अनेक व्यावहारिक बातें मैंने चिंटू को बताईं। फिर भी उसके निबंध को सबसे कम नंबर मिले, तो इसमें मेरी क्या गलती है? पाठक माईबाप, फैसला आपके हाथ में है। निर्णय संपादकजी को बता दें, मैं उनसे पूछ लूँगा।

☐

हम भी मोबाइल हुए

लो साहब, हम भी मोबाइल हो गए। इसका कोई गलत अर्थ या अनर्थ आप न निकालें। सीधी सी बात यह है कि अब हमारे पास भी एक अदद मोबाइल फोन हो गया है। यह दास्तान उसी की है।

सच तो यह है कि मैं शुरू से ही मोबाइल फोन का विरोधी हूँ। मेरे मित्रों और संबंधियों ने कई बार रोका और टोका; पर मैंने इस पर खर्च न करने की कसम खा ली थी। घर और दफ्तर के चार फोन क्या कम सिरदर्द हैं, जो यह नई बीमारी और पाल लें; पर हमारे मित्र इसे समझते ही नहीं हैं। हर दूसरे–चौथे दिन कोई–न–कोई टोक देता था—यार, कंजूसी की भी कोई हद होती है। दुनिया कहाँ–से–कहाँ पहुँच गई, और एक तुम हो कि···।

पर हम भी आसान चीज नहीं हैं। अपने निश्चय पर अटल रहे। हार कर मित्रों ने एक और रास्ता निकाला। असल में मेरे मोबाइल फोन की आवश्यकता मुझसे अधिक उन्हें थी। वे चाहते थे कि पीर, बावर्ची, भिश्ती, खर किस्म का मैं, सदा उनके संपर्क में बना रहूँ। इसलिए उन्होंने चंदा कर मेरे जन्मदिवस पर एक मोबाइल भेंट कर दिया। मरता क्या न करता, झक मार कर लेना ही पड़ा। जिस आफत से मैं बचना चाहता था, वह मेरे गले पड़ ही गई। मुझे तो दस अंकों वाला उसका नंबर याद करने में दस दिन लग गए; पर सब मित्रों को वह पहले से ही पता था। इसलिए पहले ही दिन कई बार मेरी घंटी बज गई।

इस मोबाइल से मेरे मित्रों और संबंधियों को भले ही खूब सुविधा हो गई; पर मेरे लिए तो यह मुसीबत ही सिद्ध हुआ है। कई बार तो आदमी सुबह या शाम को ऐसी जगह बैठा होता है कि वहाँ से अधूरा काम छोड़कर उठना संभव नहीं होता;

पर यह अपनी धुन बजाए चला जाता है। इसे समझने में भी काफी समय लग रहा है। नई पीढ़ी इन मामलों में बहुत आगे है। इसलिए अधिकांश बातें झक मारकर मुझे बच्चों से सीखनी पड़ीं। गीत, संगीत, खेल, फिल्म, मैसेज, ई.मेल से लेकर फीमेल तक न जाने क्या-क्या उसमें भरा था। अपने बच्चों से लेकर मोहल्ले के बच्चे तक मेरी मोबाइल अज्ञानता पर हँसते थे; लेकिन सच-तो-सच ही है।

आप किसी को बताना मत; पर एक बार इसके कारण मेरा श्रीमतीजी से झगड़ा ही हो गया। आप जानते ही हैं कि मोबाइल पर प्रायः 'मिस कॉल' आती हैं। एक बार उनके पूछने पर मैंने बता दिया कि 'मिस कॉल' है। वे यह सुनते ही हत्थे से उखड़ गईं—मिस कॉल हो या मिस कालरा; पर उसे साफ बता दो कि आज के बाद फोन न करे। आगे की कहानी जान कर आप क्या करेंगे? बस इतना समझ लें कि उनकी नाराजगी दूर करने में मुझे कई सौ रुपए की चोट लग गई। तब से मैं 'मिस कॉल' को 'श्रीकाल' कहता हूँ। वैसे यह 'कॉल' शब्द ही बहुत बुरा है। जब कोई कहता है, आपकी कॉल आई है, तो मन होता है उसका मुँह नोच लूँ। कभी-कभी लगता है कि सचमुच मेरा काल आ गया है। मैं इसके लिए भी कोई भला सा शब्द ढूँढ़ रहा हूँ।

एक बार हिंदीप्रेमी मित्रों में चर्चा चली कि मोबाइल के लिए सटीक हिंदी शब्द क्या हो? चलभाष, चलंतभाष, हर जगह, जहाँ चाहो-जब चाहो...जैसे कई नाम आए। एक दुखी आत्मा ने तो 'मुसीबत' शब्द ही सुझा दिया; पर मुझे सबसे व्यावहारिक सुझाव अपने बेटे का लगा। उसने कहा, मम्मी नहाने-धोने को छोड़कर बाकी हर समय पप्पू को गोद में लिए रहती हैं। यही हाल मोबाइल का है। इसलिए इसके लिए सही शब्द 'पप्पू' है। ऐसे ही एक दिन एस.एम.एस. पर बात चली। 'सरल मोबाइल संदेश' से लेकर 'समस्या' और 'समोसा' तक नाम आए। सुना है एम.एम.एस. भी कोई चीज है; लेकिन उस पर अभी शोध नहीं हुआ।

इस मोबाइल में न जाने क्या-क्या भरा है; एक बार तो मैं पिटते-पिटते बचा। हुआ यह है कि पड़ोस के मंदिर में शिवरात्रि पर्व पर पूजा हो रही थी। मैं भी हाथ जोड़े खड़ा था। अचानक मेरे मोबाइल पर अजान् के स्वर गूँजने लगे। कुछ देर तक तो मैं समझ ही नहीं पाया कि यह क्या हो रहा है। कुछ लोग समझे कि यहाँ भी आतंकवादी आ गए। कई नौजवान मारपीट पर उतर आए। बाद में पता लगा कि किसी शरारती बच्चे ने इसकी 'रिंगटोन' बदल दी है। ऐसे ही एक बार एक शोकसभा में फोन पर बच्चे की हँसी गूँज उठी। तब भी बात सँभालना कठिन हो गया था। सचमुच, जिसने इसके लिए 'मुसीबत' नाम सुझाया था, वह गलत नहीं था।

एक बात और। मोबाइल आने के दो-तीन बाद ही कार, ए.सी., फ्रिज, गीजर, क्रेडिट कार्ड जैसी चीजें खरीदने या आसान कर्ज पर लेने का आग्रह करते हुए फोन आने लगे। शुरू में तो बहुत अच्छा लगा कि इस नाचीज को इन चीजों के लायक समझा गया; पर जब दिन में कई बार वे परेशान करने लगे, तो डाँट-फटकार करनी पड़ी। यहाँ तक कि पुलिस में रिपोर्ट लिखाने की धमकी दी, तब जाकर ऐसे फोन आने बंद हुए।

कहानी काफी लंबी है। इसमें कथा कम और व्यथा अधिक है; पर अब तो इसकी आदत पड़ गई है। यह बात दूसरी है कि इसको दबाते-दबाते अँगूठा दर्द करने लगा है। मुझे महाभारत काल का प्रसंग याद आ गया। गुरु द्रोणाचार्य ने एकलव्य से उसके दाएँ हाथ का अँगूठा माँगा था, जिससे वह धनुर्विद्या में अर्जुन जैसा पारंगत न बन सके। आज धनुष-बाण का युग भले ही न हो; पर अँगूठे का महत्त्व बरकरार है। अँगूठा न हो, तो लोग मोबाइल फोन कैसे प्रयोग करेंगे? इसलिए यदि कोई आपको बहका-फुसलाकर अँगूठा माँगे, तो उसे साफ-साफ अँगूठा दिखा दें।

आप सोच रहे होंगे कि मैं आपको भी अपना नंबर बता दूँगा। जी नहीं। मैं दिन में पचासों बार बजने वाली घंटी से पहले ही दुःखी हूँ। अब और मुसीबत पालना नहीं चाहता। क्षमा करें।

□

कविता का वायरस

आजकल सब ओर वायरस का जोर है। कंप्यूटर से लेकर मोबाइल तक, पुरुष से लेकर स्त्री तक, मानव से लेकर पशु-पक्षी तक, सब इससे दुःखी हैं। न जाने कब, कौन सा वायरस आप पर हमला कर दे। एक तरफ आप होंगे और दूसरी तरफ वह। आप उसे नष्ट करें, तो वह दूसरा रूप लेकर आ जाता है। वायरस न हुआ बहुरूपिया राक्षस हो गया। कुछ वायरस अकेले आते हैं, तो कुछ सपरिवार। कुछ को योजनाबद्ध ढंग से आपके तंत्र को खराब करने भेजा जाता है। कुछ भी कहें; पर यह वायरस है बहुत दुष्ट, जिसे देखो वह किसी-न--किसी वायरस से दुःखी है।

हर वायरस का अपना स्वभाव होता है। कुछ दिन में आते हैं, तो कुछ रात में। कुछ सरदियों में आते हैं, तो कुछ गरमियों या बरसात में। कुछ बाजार में मार करते हैं, तो कुछ कॉलेज या दफ्तर में। कुछ बूढ़ों को दुःखी करते हैं, तो कुछ युवाओं को। कुछ ज्ञानियों का पीछा करते हैं, तो कुछ रसिकों का। डॉक्टर, वकील, व्यापारी, अध्यापक, नेता, अभिनेता ही नहीं, पुरुषों और महिलाओं के लिए भी अलग-अलग वायरस हैं। वायरस के इस बाजार में बहुत विविधता है।

ऐसा ही एक वायरस है कविता का। यों तो हमारे महान् देश में कवियों की कमी नहीं है। आप एक पत्थर उठाएँ, तो उसके नीचे दो कवि दबे मिलेंगे। होली आते ही यह जाग उठता है और अच्छे-अच्छे इसकी चपेट में आ जाते हैं। भंग की तरंग में हर कोई खुद को कवि मान लेता है। सुना है कि हड़प्पा की खुदाई में भी ऐसे वायरस मिले थे। यद्यपि उनकी लिपि को आज तक कोई ठीक से पढ़ नहीं पाया। मेरे एक मित्र ने तो इसका नाम 'कायरस' रख दिया है।

पिछली होली पर हमारे मोहल्ले में भी इस 'कायरस' का हमला हुआ। जिसे देखो, वह हाथ में कागज लिए कविता सुनाने को आतुर था। कई लोग तो दुःखी

होकर मोहल्ला ही छोड़ गए। हमारे पड़ोस में वर्मा नर्सिंग होम है। डॉ. वर्मा पर इस 'कायरस' का हमला हो गया। सुबह राउंड लगाते समय उन्होंने एक मरीज से पूछा—क्या रात में निद्रादेवी आई थीं? मरीज बोला—मुझे मालूम नहीं डॉक्टर साहब, मैं नींद में था।

शर्माजी के साथ तो और भी बुरा हुआ। कविता से उनकी सात पीढ़ियों का भी कभी संबंध नहीं रहा। पर उन्हें मालूम नहीं था कि जहाँ वे जा रहे हैं, वह नाई भी इस 'कायरस' की चपेट में है। उसने कविता शुरू की, शर्माजी वाह-वाह करने लगे। मैंने जब इसका रहस्य पूछा, तो उन्होंने अपनी मजबूरी बताई—नाई के हाथ में कैंची और उस्तरा देखकर मेरी क्या मजाल थी कि मैं वाह-वाह न बोलता।

पर असली मुसीबत तो गुप्ताजी की आई। नाई कविता में इतना डूब गया कि उसने उनके सिर पर सतपुड़ा की पर्वतमालाएँ ही बना दीं। इस नए फैशन को देखकर गुप्ताजी भड़क गए; पर अब कटे बाल तो चिपकाए नहीं जा सकते थे। मजबूरी में उन्हें पूरे बाल साफ कराने पड़े। कुछ देर में ही चर्चा दूर-दूर तक फैल गई। लोग उनके घर संवेदना व्यक्त करने आने लगे। 'कायरस' के चक्कर में उनकी होली बरबाद हो गई।

रग्घू रिक्शावाले को मैं कई साल से जानता हूँ। शहर की हर गली से वह अच्छी तरह परिचित है। मैंने उसे अपने बाहर से आए मित्र को रेलवे स्टेशन पहुँचाने को कहा, तो वह उन्हें बस स्टेशन छोड़ आया। मेरे मित्र की रेल ही छूट गई। यह भी 'कायरस' का ही दुष्परिणाम था। इसके चक्कर में दरजी ने मेरे कुरते के कपड़े से दो बनियान बना दी। हद तो तब हो गई, जब यह 'कायरस' मेरे घर में भी घुस गया। मैंने मुन्ने को सब्जी लाने भेजा, तो वह दूध ले आया। श्रीमतीजी को चाय बनाने को कहा, तो वे पराँठे बना लाईं। हर दिन यह तमाशा देखकर मैं अपने बाल नोचने लगा।

मैंने अपनी समस्या एक मित्र को बताई, तो उसने अपने चचेरे भाई पंकज का अनुभव सुना दिया। पंकज को किसी कारण से दो महीने जेल में रहना पड़ा। वहाँ जेलर महोदय पर इस 'कायरस' का हमला हो गया, तो वे कैदियों को कविता सुनाने लगे। कुछ कैदियों ने न्यायालय में गुहार लगाई कि हमारी सजा में पत्थर तोड़ना शामिल है, कविता सुनना नहीं, तब जाकर उन्हें इससे मुक्ति मिली।

फिर उसने मुझे सलाह दी कि मैं अपनी पीड़ा एक कविता के रूप में कागज पर उतार दूँ। उसकी बात मानकर मैंने एक लंबी कविता लिखी है, यदि आपके पास कुछ घंटे का समय हो, तो आप उसे सुन लें। इससे कम-से-कम मेरे दिमाग का बोझ तो हलका होगा। आपका क्या होगा, यह आप जानें। □

डार्विन का विकासवाद

डार्विन का नाम तो आपने सुना ही होगा। यदि सुना है तो अच्छी बात है और नहीं सुना, तो और भी अच्छी बात है। उसके विकासवाद पर पिछले सौ साल से बहस हो रही है और शायद अगले सौ साल तक भी होती रहेगी। मुझे पहले उसके सिद्धांत पर विश्वास नहीं था; पर अब मैंने अपने विचार बदल लिए हैं। इतना ही नहीं, मैंने उसके सिद्धांत को कुछ आगे भी बढ़ाया है।

डार्विन के अनुसार सृष्टि में हर चीज क्रमशः विकसित होती रहती है। आज जो मानव हम देखते हैं, उसके पूर्वज बंदर थे। धीरे-धीरे विकसित होते हुए वे मानव बन गए। बहुत से लोग इसे नहीं मानते। वे कहते हैं कि यूरोप वालों के पूर्वज बंदर होंगे; हम तो देवी-देवताओं और ऋषि-मुनियों की संतान हैं। मैं इस बहस में नहीं पड़ता; पर मुझे लगता है बंदरों के विकास की यह प्रक्रिया आज भी जारी है।

हमारे मोहल्ले में बंदर वर्षों से आ रहे हैं; पर इधर उनके व्यवहार में भारी परिवर्तन हुआ है। पहले वे आकर फल, सब्जी बिखेर देते थे। कपड़े फाड़ते और बटन नोच लेते थे। खंभे पर चढ़कर तार हिलाते थे। कभी-कभी काट भी लेते थे। इसलिए बंदर के आते ही लोग बच्चों को कमरे में भेजकर लाठी निकाल लेते थे। यदि वह कपड़ा ले जाता, तो किसी पुराने कपड़े में रोटी बाँधकर फेंकते थे। उसके लालच में वह असली कपड़ा छोड़ देता था।

पर अब वे फाड़ने की बजाय कच्छा, बनियान, पैंट, कमीज जैसे कपड़े साबुत उठाने लगे हैं। यह भी ध्यान देने की बात है कि बंदर पुरुषों के और बंदरिया महिलाओं के कपड़े उठाती हैं। भले ही वे इन्हें जंगल में अपनी बिरादरी के बीच पहनते हों; पर इससे इतना तो साफ है कि वे भी विकास की दौड़ में शामिल हो

गए हैं। हम नंगई की ओर बढ़ रहे हैं; पर उनको इसमें शर्म आने लगी है। परसों वर्माजी की अलमारी से बंदर सौ रुपए और मोबाइल ले गया। आपको आश्चर्य हो रहा होगा; पर मैं तो डार्विन के पदचिह्नों पर चलते हुए यही कहूँगा कि बंदरों का आज भी विकास हो रहा है और वे धीरे-धीरे मानवता की ओर बढ़ रहे हैं।

कल मेरे भतीजे का दिल्ली से फोन आया। बंदर उसकी कंप्यूटर वाली किताब ही ले गया। मैंने कई बंदरों को अखबार उलटते-पलटते देखा है। इसे आप क्या कहेंगे? आप बंदर को कैमरा दिखाइए, वह मुँह आपकी ओर कर खड़ा हो जाएगा। रेल बजट के समय दो बंदर काफी देर तक मेरे टी.वी. पर नजर गड़ाए रहे। उनका लालू की सूरत से प्रेम था या बजट से, यह निर्णय आप करें। मैं अपनी छत पर एक बरतन में उनके लिए पानी रखता हूँ; पर जिस दिन वह गंदा होता है, बंदर टंकी खोलकर साफ पानी पी जाते हैं। आप देखना, कुछ सालों में वे बोतल बंद पानी ही पिएँगे।

मैं ठीक नहीं कह सकता कि मानव पर बंदर का असर अधिक है या बंदर पर मानव का; पर अब किसी एक के खतरे में पड़ने पर सारे बंदर एक साथ नहीं चिपटते। मुझे लगता है कि उनमें भी जाति, प्रांत और क्षेत्र के आधार पर भेद पैदा हो गए हैं। यदि इनके लगातार बढ़ते जाने पर भी मानव को विकसित माना जाता है, तो बेचारे बंदरों के साथ यह भेदभाव क्यों? संभवत: उनके बीच भी राजनीति और लोकतांत्रिक प्रक्रिया विकसित हो रही है।

मैं बंदरों के शारीरिक और मानसिक विकास का बड़ी ऊँचाई से अध्ययन कर रहा हूँ। उनकी भाषा, बोली, रीति-रिवाज, मतभेद और मनभेद समझने के लिए मुझे दिन पेड़ पर और रात छत पर बितानी पड़ रही हैं। मैं पेड़ों पर छलाँग लगाने का अभ्यास भी कर रहा हूँ। शुरू में बंदरों ने मुझे शक की निगाह से देखा; पर अब उनसे मेरी मित्रता हो गई है। यह बात दूसरी है कि अब घर और मोहल्ले वाले मुझ पर शक करने लगे हैं। चाहे जो हो; पर मैंने निश्चय कर लिया है कि मैं डार्विन के सिद्धांत को आगे बढ़ाकर ही रहूँगा। खौं-खौं।

□

सेक्यूलर चश्मा

भगवान् की कृपा से मेरी आँखें अभी स्वस्थ हैं। मुझे धूप का चश्मा लगाने का भी कभी शौक नहीं रहा; पर चश्मे से संबंधित एक घटना की चर्चा मैं आपसे जरूर करना चाहूँगा।

बात यों हुई कि पिछले दिनों छत पर सोते समय अचानक मुझ पर कोई चीज आकर गिरी। चौंककर देखा, तो वह एक चश्मा था, जो शायद किसी पक्षी के पंजे से छूटा था। मुझे किसी और की चीज में क्या रुचि हो सकती थी, इसलिए उसे किनारे रख मैं सो गया। सुबह उठा, तो नजर फिर उस पर गई। मुझे वह कुछ अजीब सा लगा। मैंने पहले आँख मलकर और फिर आँखें धोकर देखा, निर्जीव चश्मा बार-बार रंग बदल रहा था। मुझे लगा, कहीं यह किसी गिरगिट का चश्मा तो नहीं; पर गिरगिट तो चश्मा लगाते नहीं। फिर…?

काफी देर सिर खपाने के बाद मैंने सोचा कि इसे लगाकर ही देखूँ। अच्छी तरह धोकर जैसे ही उसे लगाया, मेरे मस्तिष्क को एक झटका लगा। इसके बाद जब-जब मैंने उसे लगाया, हर बार कुछ अजीब सी अनुभूतियाँ हुईं। वही अनुभव मैं आपसे बाँटना चाहता हूँ।

सबसे पहली बात तो उसे लगाते ही यह हुई कि मुझे हिंदू धर्म विरोधी हर गतिविधि अच्छी और भारत समर्थक हर गतिविधि खराब लगने लगी। जनता ने नाराज होकर जहाँ भी हुसैन जैसे खरदिमाग चित्रकार की प्रदर्शनी में तोड़फोड़ की; उसे मैं संघ परिवार के साथ जोड़कर उसके विरुद्ध वक्तव्य देने लगा। भोपाल के 'भारत भवन' में कैलाश तिवारी की आतंकवाद विरोधी प्रदर्शनी मुझे मुसलिम विरोधी लगी। मुझे अब दीपा मेहता की 'वाटर' फिल्म में काशी के विद्वानों के चरित्र

हनन से कष्ट नहीं हुआ। हाँ 'गदर' फिल्म में भारत के हिंदू युवक और पाकिस्तान की मुसलिम युवती की प्रेमकथा से भारत-पाक संबंध खराब होने का डर जरूर लगने लगा।

सलमान रश्दी और तसलीमा नसरीन ने अपनी पुस्तकों में मुसलिम अन्याय और अत्याचार का जो वर्णन किया है, इस चश्मे के पहनते ही वह मुझे अभिव्यक्ति की स्वतंत्रता का दुरुपयोग लगा। दूसरी ओर एक अमरीकी लेखक जेम्स लेन की भारत गौरव छत्रपति शिवाजी के बारे में लिखी पुस्तक 'दि हिंदू किंग इन मुसलिम डायनेस्टी' पर प्रतिबंध मुझे अभिव्यक्ति की स्वतंत्रता की राह में बाधक लगा। ऐसे सैकड़ों अनुभव मुझे दो ही दिन में हुए। मुझे लगा कि जरूर चश्मे पर किसी ने जादू किया है। इसलिए मैंने उसे न पहनने का निश्चय कर लिया।

अगले दिन मैंने अपने मित्र वर्माजी को इसे दे दिया। उन्होंने शाम को जो बताया, वह भी सुनिए।

अब वर्माजी को हिंदी, संस्कृत और अन्य भारतीय भाषाएँ बेकार, जबकि अंग्रेजी और उर्दू अच्छी लगने लगी। उन्हें भारतीय गीत-संगीत के बदले विदेशी फूहड़ और कनफोड़ गायन सुखद लगने लगा। अब वे भारतवासियों की बजाय आतंकवादियों के अधिकारों की चर्चा करने लगे। उन्हें विदेशी हमलावरों के मकबरे विश्व विरासत और श्रीराम सेतु काल्पनिक लगने लगा। यहाँ तक कि हर दिन पूजा-पाठ करनेवाले वर्माजी श्रीराम और श्रीकृष्ण को उपन्यास के पात्र बताने लगे। मैंने घबराकर वर्माजी से वह चश्मा वापस ले लिया।

मैंने सोचा उस चश्मे को कहीं फेंक दूँ; पर फिर मन में भय जागा कि यह किसी अधकचरे मस्तिष्क वाले व्यक्ति के हाथ लग गया, तो वह पागल ही हो जाएगा। इसलिए अब मैंने उसे अपने पड़ोसी शर्माजी को दे दिया। उनके अनुभव तो और भी भयानक थे।

शर्माजी शाम को मंदिरों और धर्माचार्यों द्वारा किए जा रहे भ्रष्टाचार पर बड़े उद्वेलित दिखाई दिए। मैंने जब मजारों और चर्चों की बात उठाई, तो वे मुझे सांप्रदायिक कहकर गाली देने लगे। अब उन्हें हज की सब्सिडी ठीक और कैलास यात्रा के लिए दी जानेवाली सहायता में खोट नजर आने लगा। वे धोती और चोटी की हँसी उड़ाने लगे। हिंदुओं की धार्मिक गतिविधियाँ, मेले, उत्सव और पर्व उन्हें पाखंड लगने लगे। हिंदू कन्या का मुसलिम युवक के साथ भागकर निकाह करने को वे खुलापन और इसकी विपरीत घटना को गैरकानूनी बताने लगे। वे भी मनमोहन और अर्जुन सिंह की तरह देश के संसाधनों पर मुसलमानों का पहले हक के विषय

में तर्क देने लगे। यहाँ तक कि वे क्रिकेट मैच के समय पाकिस्तान की जीत और भारत की हार की दुआ माँगने लगे। मजे की बात तो यह हुई कि जब मैंने उनसे चश्मा वापस लिया, तो उनका व्यवहार फिर आदमी की तरह हो गया।

मैं बहुत परेशान हो गया। क्या करूँ, कहाँ जाऊँ? मैंने उसे शहर के सबसे बड़े आँखों के डॉक्टर को दिखाया। उन्होंने उसे गौर से देखा और बताया कि यह 'सेक्यूलर चश्मा' है। इसे पहनकर हर सही बात गलत और हर गलत बात सही लगेगी। इसकी खोज अंग्रेजों ने की थी। उन्होंने ही सर्वप्रथम इसके लैंस बनाकर गांधी–नेहरूवाद के फ्रेम में लगाए थे। अंग्रेजों के जाने के बाद इसके टूटने का खतरा उत्पन्न हो गया था। यह देखकर नेहरू ने दोनों ओर से इसे मार्क्स और माओवादी पेंचों से कस दिया।

अब मुझे समझ आया कि सेक्यूलर हर समय उलटा ही क्यों सोचते हैं? मैंने इसे थोड़ी देर के लिए अपने कुत्ते को पहनाया, तो वह मेरी रोटी खाकर मुझ पर ही भौंकने लगा। इससे मुझे यह रहस्य भी समझ में आ गया कि 1942 और 47 में कम्युनिस्टों ने स्वतंत्रता आंदोलन के विरोध में अंग्रेजों का साथ क्यों दिया था; और उन्होंने सुभाष चंद्र बोस को 'तोजो का कुत्ता' क्यों कहा था?

उस डॉक्टर ने यह भी बताया कि वामपंथी जिस चीज या घटना का विरोध करें, बिना दिमाग पर जोर डाले समझ लो कि वह देशहित में है। और वे जिसका समर्थन करें, वह निश्चित ही देश और धर्म विरोधी होगी। मुझे इस सूत्र को जानकर बहुत राहत मिली।

अगले दिन जब मैं कमरे की सफाई कर रहा था, अचानक एक बंदर कमरे में घुसकर उस चश्मे को उठा ले गया। उसने तुरंत ही फर्श पर पटक कर उसे तोड़ भी दिया। मैंने इतना समझदार पशु जीवन में पहली बार देखा था। मन–ही–मन मैंने उसे धन्यवाद दिया। कम–से–कम उसने मुझे और मेरे कुछ साथियों का दिमाग खराब होने से तो बचा लिया।

□

परीक्षा का मौसम

विश्व भर में सामान्यतः सरदी, गरमी और वर्षा, यह तीन ही मौसम होते हैं; पर भारत की अपनी कुछ विशेषताएँ हैं। यहाँ छह ऋतुएँ होती हैं; लेकिन मेरे नवीनतम शोध के अनुसार भारत में छह नहीं सात मौसम होते हैं। यह सातवाँ मौसम है परीक्षा का मौसम।

जैसे हर मौसम के आने और जाने के कुछ लक्षण होते हैं, ऐसे ही परीक्षा के मौसम के साथ भी होता है। इनसे आप अनुमान लगा सकते हैं कि इन दिनों परीक्षा का मौसम चल रहा है।

आज से दो महीने पहले तक मैं दुःखी था। सुबह हो या शाम, हर ओर क्रिकेट के साज-बाज के साथ बच्चों की टोलियाँ दिखाई देती थीं। सड़क पर चलते समय कई बार उनकी गेंद से चोटिल भी होना पड़ा। इसके बाद भी उन्हें कुछ कह नहीं सकते थे। उन्हें डाँटो, तो वे 'अंकलजी, सौरी' कहकर फिर खेल में लग जाते थे।

एक बार मैंने कुछ गरमी दिखाई, तो घरों से उनकी मम्मियाँ निकल आईं। वे मुझे ही आँख दिखाने लगीं—आप ही बताइए भाई साहब, बच्चे कहाँ खेलें? पार्क अब रहे नहीं; कहीं हैं भी, तो उनमें शादी ब्याहवालों ने टैंट लगा दिए हैं, तो फिर यही सड़क तो बचती है। आप ही जरा देखकर निकल लेते। अब मैं क्या कहता, सिर झुकाकर आगे बढ़ गया; पर पिछले दो महीने से सड़कें शांत हैं। इससे स्पष्ट होता है कि परीक्षा का मौसम चल रहा है।

मेरे घर के बगल में लड़कियों का एक बड़ा विद्यालय है। वहाँ छुट्टी के समय बहुत से मजनू मँडराते रहते हैं। कई बार पुलिस ने उनकी पिटाई की, बाल मुँडवाए, मोबाइल और मोटर साइकिलें थाने में जमा करा लीं; पर जो आसानी से

मान जाए, वह मजनू कैसा? दो-चार दिन बाद वे फिर वहाँ मँडराने लगते थे; पर आजकल उन मजनुओं की भीड़ भी कम दिखाई देती है। मैं समझ गया कि परीक्षा के मौसम में वे भी कहीं बैठकर कागज काले-नीले कर रहे होंगे।

विद्यालय के बाहर चाट, पकौड़ी और भेल पूरी आदि बेचनेवाले भी इन दिनों उदास हैं। परीक्षा समाप्त होते ही विद्यार्थी सीधे घर भागने की सोचते हैं। वरना पहले वे उनके पास आकर पेट पूजा करते थे। उनकी उदासी बताती है कि यह परीक्षा का मौसम है।

इन दिनों सिर और आँखों में दर्द की समस्या लेकर चिकित्सकों के पास आनेवाले छात्रों की संख्या भी बढ़ जाती है। पंसारी से पूछें, तो पता लगेगा कि इन दिनों बादाम और बा:दाम रोगन की खपत बढ़ जाती है। और हाँ, इन दिनों घर में बड़े-बूढ़े और महिलाएँ भी अपने मनपसंद दूरदर्शनी कार्यक्रम बहुत दबी आवाज में सुनते हैं। यह सब परीक्षा के मौसम में हर साल होता है।

इस मौसम की एक पहचान और भी है। इन दिनों मंदिर और विशेषकर हनुमान मंदिर में आनेवाले छात्रों की संख्या बढ़ जाती है। हनुमान चालीसा में एक पंक्ति है—*जय जय जय हनुमान गुसांई, कृपा करो गुरुदेव की नाईं।* इसका संबंध नि:संदेह कॉपी जाँचनेवाले गुरुदेव से है। इसीलिए छात्र प्राय: हनुमान चालीसा का पाठ करते मिल जाते हैं। इन दिनों छात्र विनम्र भी बहुत अधिक हो जाते हैं। अभिभावकों को बात-बात पर आँख दिखानेवाले भी परीक्षा देने जाते समय उनके पैर छूकर जाते दिखाई देते हैं।

पिछले कुछ साल से विद्यालयों से अधिक भीड़ कोचिंग केंद्रों पर दिखाई देती है। सुबह पाँच बजे से रात के दस बजे तक ये कोचिंग केंद्र हरे-भरे दिखाई देते हैं। अध्यापक विद्यालय की अपेक्षा वहाँ पढ़ाकर अपनी जेब भारी करते हैं; पर आजकल ये कोचिंग केंद्र खाली हैं। वहाँ के संचालक कमरों की रंगाई, पुताई और फर्नीचर की मरम्मत करा रहे हैं। साथ ही अगले साल कैसे अधिकाधिक छात्रों और सस्ते अध्यापकों का जुगाड़ हो सकता है, इस जोड़-तोड़ में वे लगे हैं। यह भी परीक्षा के मौसम के ही लक्षण हैं।

यह कुछ लक्षण मैंने बताए हैं। मेरा यह शोध भारत के इतिहास में नवीनतम है। इस पर मुझे कोई पुरस्कार तो मिलना ही चाहिए। यदि आप इसमें मेरी कुछ सहायता करें, तो आपका कमीशन भी पक्का है। आखिर हम सब एक ही थैली के तो चट्टे-बट्टे हैं।

☐

राहुल बाथ सोप

मुझे बड़े-बड़े साबुन निर्माताओं से बहुत सहानुभूति है। वे अपनी चीज के निर्माण से अधिक पैसा, बुद्धि और जुगाड़ उसे बेचने में लगाते हैं। बेचारे प्रचार के नाम पर लाखों-करोड़ों रुपए खर्च करते हैं। कभी-कभी तो हर अखबार के साथ लगाकर साबुन की छोटी टिकिया भी भेज देते हैं कि लो, हमारी बात पर विश्वास न हो, तो साबुन से नहाकर देख लो।

सच बताता हूँ, जिस दिन ऐसे एक साबुन की टिकिया अखबार वाले ने मेरे घर में डाली, उस दिन मुझ जैसे सफाई के दुश्मन को उसकी सुगंध से प्रभावित होकर दिन में दो बार नहाना पड़ा। औरों का क्या हाल हुआ, यह मैं नहीं बता सकता; पर इसके बाद भी उस साबुन की बिक्री पर असर पड़ा या नहीं, कहना कठिन है।

पर धन्यवाद है राहुल बाबा और मायावती को। उनके थोड़े से वाक् युद्ध ने हमारे मोहल्ले में बनने वाले 'राहुल सोप' की बिक्री रातों रात बढ़ा दी। इन दिनों बेचारे गुप्ताजी अपनी फैक्टरी तीनों पारियों में चलाकर साबुन बना रहे हैं; फिर भी साबुन की माँग भारतीय नारी की माँग की तरह बढ़ती जा रही है।

राहुल सोप की कहानी यह है कि आठ-दस तरह के व्यापार में हाथ जलाकर हमारे पड़ोसी गुप्ताजी ने छह महीने पहले ही अपने मकान के तलघर में साबुन उद्योग लगाया है। उनके घर में कुछ दिन पूर्व ही जन्मे पुत्र का नाम राहुल रखा गया है, सो गुप्ताजी ने अपने साबुन का नाम भी 'राहुल बाथ सोप' ही रख दिया।

यह उस बच्चे की किस्मत कहें, या गुप्ताजी की। बिल्ली के भाग्य से मानो छींका ही टूट कर गिर पड़ा। पिछले दिनों देश के एक खानदानी युवा नेता राहुल गांधी कुछ निर्धन परिवारों में चले गए। वे केवल गए ही नहीं, वहाँ जाकर उन्होंने

सूखी खिचड़ी छूकर देखी। देश के महानतम परिवार के महान् नेता का निर्धनों के प्रति 21वीं सदी का यह सबसे बड़ा उपकार है।

बस, समाचारों की कंगाली से जूझ रहे अखबारों को मसाला मिल गया। उन्होंने राहुल बाबा के वहाँ जाने को निर्धन की झोंपड़ी में रात बिताना और खिचड़ी छूने को बाबा का रात का डिनर और सुबह का ब्रेकफास्ट लिख दिया। देश में भले ही न हो; पर अखबारों में राहुल बाबा के निर्धन प्रेम की हवा बहने लगी। इससे कुछ दलों का चौंकना स्वाभाविक था।

इन दिनों उत्तर प्रदेश में मायावतीजी का राज्य है। वे निर्धनों के वोटों की जन्मजात ठेकेदार हैं। उन्हें यह कैसे स्वीकार होता कि उनके वोट बैंक पर कोई बाबा डाका डाले। आखिर उनकी निगाह भी तो दिल्ली की गद्दी पर है। सो उन्होंने अगले ही दिन कह दिया कि राहुल बाबा का निर्धन प्रेम एक ढकोसला है। चूँकि वे झोंपड़ी से लौटकर कई-कई बार साबुन से नहाते हैं।

कुछ अन्य नेताओं ने इस पर मायावती को आड़े हाथों लेते हुए कहा कि वे कृपया दूसरों के बाथरूम में न झाँकें। कोई वहाँ नहा रहा है या किसी और जरूरी काम में व्यस्त है, इससे उन्हें क्या लेना। वे मुख्यमंत्री हैं तो राज्य की कानून व्यवस्था सुधारें। बाथरूम में ताक-झाँक का काम मुंबई के फिल्मकारों पर छोड़ दें।

पर अखबारों के इस विवाद से गुप्ताजी की किसमत खुल गई। बार-बार राहुल बाबा और उनके साबुन की चर्चा होने पर उन्होंने प्रचारित कर दिया कि राहुल बाबा उनकी फैक्टरी में बने राहुल सोप से ही नहाते हैं। बस, तब से उन्हें हर दिन इतने ऑर्डर मिल रहे हैं कि उसे पूरा करने में उन्हें पसीना आ रहा है। इसके बाद भी गुप्ताजी प्रसन्न हैं। इस विवाद से उनकी और उनके साबुन की किस्मत चमक गई है। उन्होंने उस पंडित को एक बार फिर धोती-कुरता और 1,100 रुपए भेंट किए, जिसने उनके बेटे का नाम रखा था।

सुना है अब राहुल ब्रांड तौलिए वाले भी प्रतीक्षा में हैं। बात स्नान और साबुन से शुरू हुई है, तो धीरे-धीरे तौलिए और कच्छे, बनियान तक भी पहुँचेगी। पर मैं बात को आगे नहीं बढ़ाता, कहीं आप मुझ पर भी कच्छे-बनियान वाले गरोह का सदस्य होने के आरोप न लगाने लगें।

□

भारतीय हॉकी के सुनहरे दिन

भारतीय हाकी के साथ सहानुभूति किसे नहीं होगी? जब से पुरुषों की टीम ने बीजिंग ओलंपिक के प्रवेश का दर्जा ही खो दिया, तब से इस बारे में शोकगीत पढ़े जा रहे हैं। पुरुषों का अनुसरण करते हुए अब महिलाओं ने भी यही उच्च स्तर पा लिया है।

लोग भले ही इनकी आलोचना करें; पर मैं हर चीज को दूसरी दृष्टि से भी देखता हूँ। सोचिये, ये लोग कितने देशभक्त एवं दूरदर्शी हैं। ओलंपिक में भारत के सैकड़ों खिलाड़ी और उससे अधिक अधिकारी जाएँगे। ये सब मिलकर करोड़ों रुपए खर्च करेंगे। इसके बाद भी अभी से निश्चित है कि इन्हें खाली हाथ वापस आना है। इससे अच्छे तो हॉकी वाले हैं, जो बिना वहाँ जाए और बिना पैसा खर्च कराए ही खाली हाथ बजा रहे हैं।

लेकिन अब मुझे विश्वास हो गया है कि भारतीय हॉकी के दिन भी सुधरने वाले हैं। कुछ सालों में ही वह भी क्रिकेट की तरह दुनिया में अपना स्थान बना लेगी। इसका आधार एक समाचार है, जो कुछ दिन पूर्व समाचार पत्रों में छपा है।

सुना है कि भारतीय हॉकी महासंघ के सचिव श्री के. ज्योतिकुमारन एक दूरदर्शन चैनल द्वारा किए गए स्टिंग अभियान (ऑपरेशन चक दे) में रिश्वत माँगते और लेते हुए पकड़े गए। उस चैनल के अनुसार सचिव महोदय ने अजलान शाह हॉकी टूर्नामेंट के लिए चयन की जानेवाली टीम में शामिल करवाने के लिए पाँच लाख रुपए माँगे थे। इनमें से दो लाख रुपए उन्हें 10 और 11 अप्रैल को दिल्ली के एक पाँच सितारा होटल में दे दिए गए और बाकी तीन लाख कुछ समय बाद देने का आश्वासन दिया गया था।

इस रिश्वत कांड और स्टिंग अभियान के बारे में लोग तरह–तरह की बात कह रहे हैं। खेल मंत्री मनोहर सिंह गिल ने ज्योतिकुमारन के साथ ही भारतीय हॉकी महासंघ के अध्यक्ष के.पी.एस.गिल का त्यागपत्र भी माँगा है; पर गिल साहब एक सख्त पुलिस अधिकारी की तरह इस बार भी त्यागपत्र न देने पर अड़े हैं। उनकी दृढ़ता प्रशंनीय (?) है। लगता है जब तक वे भारतीय हॉकी की अंत्येष्टि नहीं कर देंगे, इस कुरसी से हिलेंगे नहीं।

लेकिन इस सारे अभियान के बाद भी मुझे भारतीय हॉकी के दिन अब उज्ज्वल नजर आ रहे हैं। यह मैं अपने अनुभव और भारतीय क्रिकेट के इतिहास को देखते हुए कह रहा हूँ।

याद कीजिए आठ–दस साल पहले भारतीय क्रिकेट पर भी ऐसे आरोप लगे थे। कई बड़े खिलाड़ी पैसे लेकर आउट हो जाते थे। मैच फिक्सिंग करते हुए वे अपनी टीम को हराने का सौदा कुछ लाख रुपए में कर लेते थे। वस्तुत: क्रिकेट की लोकप्रियता और पैसे के जबरदस्त खेल को देखकर इसमें बड़े-बड़े माफिया, सटोरिए और मीडिया वाले आ गए। उन्होंने इस खेल को दलाल स्ट्रीट का व्यापार बना दिया; पर जब इस दो नंबरी व्यापार का भंडाफोड़ हुआ, तो कुछ खिलाड़ियों और कप्तानों को टीम से हटा दिया गया।

लेकिन इसके बाद क्या हुआ; क्या क्रिकेट में कोई बदल हुई? जी हाँ, क्रिकेट का ग्राफ लगातार ऊँचा उठता गया। उसमें नए और युवा खिलाड़ियों का प्रवेश हुआ। पहले तो केवल महानगरों के खिलाड़ी ही वहाँ जगह बना पाते थे; पर अब अपेक्षाकृत छोटे शहरों और कस्बों के खिलाड़ी वहाँ पहुँच गए। और इसी का परिणाम है कि हमारी टीम अब विश्व स्तर की टीम हो गई है।

अब हमारे खिलाड़ी करोड़ों में खेल रहे हैं। उन्हें एक–एक रन के लिए लाखों रुपए मिल रहे हैं। कच्छे से लेकर डबलरोटी तक के विज्ञापनों से वे करोड़ों रुपए अलग से पीट रहे हैं। क्रिकेट से लाभ उठाने के लिए अब राजनेता और फिल्म अभिनेता भी आ गए हैं। कोई आश्चर्य नहीं कि अगले चुनाव में क्रिकेट खिलाड़ी प्रचार में उतरें और इसके लिए भी वे करोड़ों रुपए ले लें।

बस ऐसा ही परिदृश्य मुझे भारतीय हॉकी में दिखाई दे रहा है। क्रिकेट में भी मिलीभगत का प्रारंभ लाख–दो लाख रुपए से ही हुआ था; पर आज···। हॉकी में भी ज्योतिकुमारन ने दो–चार लाख से शुरुआत की है। निश्चित ही उनका भविष्य उज्ज्वल है।

केवल उनका ही नहीं, तो भारतीय हॉकी भी अब उन्नति के पथ पर अग्रसर

हो जाएगी। क्योंकि जहाँ पैसा, वहाँ व्यापार, वहाँ सटोरिए और माफिया, वहाँ राजनेता और फिल्म स्टार, वहाँ देशी–विदेशी दूरदर्शन चैनल। बस आप देखते जाएँ, अगले कुछ साल में भारतीय हॉकी भी उन्हीं बुलंदियों को छूती दिखाई देगी, जहाँ आज क्रिकेट है। फिर हमें ओलंपिक में प्रवेश के लिए अपमानित नहीं होना पड़ेगा।

धन्यवाद के. ज्योतिकुमारन; धन्यवाद श्री के.पी.एस.गिल साहब।

□

पुनर्मरण हो यदि मेरा···

मैं पहले ही स्पष्ट कर दूँ कि मैं भूत-प्रेत, अवतार-चमत्कार, गंडा-ताबीज, पोथी-पत्रा, आत्मा-परमात्मा आदि को नहीं मानता; पर कभी-कभी कुछ ऐसी घटनाएँ (या दुर्घटनाएँ) हो जाती हैं कि व्यक्ति को अपनी मान्यताओं पर पुनर्विचार करना पड़ जाता है। ऐसी ही एक घटना मेरे साथ कल हुई। इसे मैं आपके साथ साझा करना चाहता हूँ। इसका क्या अर्थ है, मैं अभी तक समझ नहीं पाया हूँ।

तो साहब हुआ यों कि कल रात मेरे सपने में एक आत्मा आ गई। आत्मा स्त्रीलिंग है या पुल्लिंग, यह मैंने कई विद्वानों से पूछा; पर कोई ठीक नहीं बता सका। तब से मैंने यह मान लिया कि स्त्री की आत्मा स्त्रीलिंग और पुरुष की पुल्लिंग होती है। यह आत्मा मेरे सपने में आई, सो निःसंदेह यह एक स्त्री की आत्मा थी।

आते ही उसने मुझे झकझोर दिया—तुम बड़े लेखक और पत्रकार बनते हो, यदि दम हो तो मेरी दुःखद कहानी बड़े समाचार पत्रों और दूरदर्शन पर चलवाकर दिखाओ।

— इन दिनों उन्हें फुरसत कहाँ है, वे तो नोएडा के आरुषि कांड में उलझे हैं।

— यही तो मेरा दर्द है। मेरी कहानी आरुषि से कम दुःखद नहीं है; पर चूँकि यह झारखंड के जंगलों में घटी है, इसलिए इस ओर किसी का ध्यान नहीं है। काश, यही घटना दिल्ली के आसपास हुई होती, तो सारे पत्रकार दौड़ पड़ते।

— तुम्हारा इस तरह सब पत्रकारों पर आरोप लगाना ठीक नहीं है।

— मुझे क्षमा करें; पर क्या यह सच नहीं है कि अधिकांश पत्रकार दिल्ली

या उसके आसपास की घटनाओं को प्रमुखता से स्थान देते हैं, जबकि दूरस्थ क्षेत्रों की ऐसी घटनाएँ दबी ही रह जाती हैं।

— तुम्हारे पास इसका क्या प्रमाण है? मैंने कुछ रोष से कहा।

— प्रमाण एक नहीं, सैकड़ों हैं। तुम्हें याद है, दो साल पूर्व मोदीनगर की एक लड़की ने वरमाला के समय दूल्हे के पिता के दुर्व्यवहार से नाराज होकर बारात लौटा दी थी।

— बिलकुल याद है, मीडिया ने उस वीर कन्या को हीरोइन बना दिया था। शायद ही कोई पत्र या चैनल हो, जिसने उसका उत्साह न बढ़ाया हो। सबने ही उसका साक्षात्कार लिया था।

— ऐसे ही नोएडा के उस कांड को याद करो, जिसमें कुछ लोगों पर बच्चों के अपहरण और उनका मांस खाने के आरोप लगे थे।

— हाँ, वह भी याद है।

— और मुजफ्फरनगर का गुड़िया कांड, जिसमें उस गरीब को दो पतियों के बीच में खूब झुलाया गया। एक चैनल ने तो अपने स्टूडियो में पंचायत ही बैठा दी। इससे उसका इतना मानसिक उत्पीड़न हुआ कि बाद में वह बेचारी खुदा को ही प्यारी हो गई।

— तुम कहना क्या चाहती हो, साफ बताओ।

— मैं केवल यही कहना चाहती हूँ कि ऐसी दुर्घटनाएँ यदि दिल्ली के आस-पास होती हैं, तो इन पत्रकारों की आत्मा जाग जाती है; पर यदि वे किसी कठिन क्षेत्र में हों, तो…।

— मैं पूरी तरह सहमत नहीं हूँ।

— मैं समझती हूँ। अपनी बिरादरी पर लांछन लगते कोई नहीं देख सकता; पर क्या यह सत्य नहीं है कि दिल्ली के अधिकांश बड़े पत्रकार वहीं जाना पसंद करते हैं, जहाँ से वे रात तक लौटकर दिल्ली आ सकें। या फिर वे ऐसी जगह रात को रुकना पसंद करते हैं, जहाँ अच्छे होटल हों, उन्हें खाने को मुरगा और पीने को दारू मिल सके।

— मैं इस बारे में कुछ टिप्पणी नहीं करूँगा।

— बस यही तो मेरा दर्द है। झारखंड के नक्सली कम्युनिस्टों ने मेरे पूरे परिवार की निर्ममता से हत्या की। मेरे पिताजी का अपराध यही था कि वे उस क्षेत्र के विकास के लिए शासन के आदेश पर सड़क बनवा रहे थे और नक्सली इसका विरोध कर रहे थे।

— अच्छा?

— जी हाँ, और उन्होंने मेरे साथ तो बहुत बुरा किया। पहले अपहरण, फिर बलात्कार और हत्या; पर यह चर्चा स्थानीय पत्रों में होकर रह गई। दिल्ली से न कोई पत्रकार आया न दूरदर्शन वाले। क्या दिल्ली वालों का दर्द ही दर्द होता है, हमारा नहीं। आत्मा के सिसकने की आवाज मुझे साफ सुनाई दे रही थी।

— मैं इसकी चर्चा अपने साथियों से करूँगा। मैंने उसे सांत्वना दी।

— आप चाहे जो करें; पर अब मेरी इच्छा तो यह है कि यदि मेरी फिर से मृत्यु हो, तो वह दिल्ली के आसपास हो। कम-से-कम मेरी दुःखद कहानी मीडिया के माध्यम से जनता और शासन तक तो पहुँचेगी।

— यह तुम क्या कह रही हो, लोग तो पुनर्जन्म की बात सोचते हैं। तुमने एक बड़े कलाकार को कहते नहीं सुना कि 'पुनर्जन्म हो यदि मेरा, तो हो फिर गंगा के तट पर…।'

— मेरी फिल्मों, विज्ञापन और राजनीति में रुचि नहीं है। मैं तो सिर्फ इतना ही कहना चाहती हूँ कि 'पुनर्मरण हो यदि मेरा, तो हो दिल्ली की चौखट पर…।'

मैं उसे कुछ और तर्क देना चाहता था; पर तब तक वह खिड़की से पार हो गई। मेरे कानों में यही गूँजता रह गया—पुनर्मरण हो यदि मेरा, तो…।

□

अगली बार भी एक ही पदक लाना...

बीजिंग ओलंपिक से खिलाड़ियों के वापस आने के बाद अब पूरा देश थकान अनुभव कर रहा है। इस बार हमारे खिलाड़ियों ने वह कमाल कर दिखाया, जो आज तक किसी ने नहीं किया था। सच तो यह है कि इतने पदकों की हमें आशा भी नहीं थी; लेकिन जो हुआ, वह सच ही है।

पर इन खेलों का एक दूसरा पक्ष भी है। वह यह कि अब देश की आशाएँ और अपेक्षाएँ बढ़ गई हैं। अभी से 2012 में लंदन में होने वाले ओलंपिक के लिए सपने देखे जा रहे हैं। कोई कह रहा है कि लंदन में हमें पदकों की संख्या दहाई तक पहुँचानी है, तो कोई स्वर्ण पदक से नीचे सोचने को ही तैयार नहीं है। कुल मिलाकर सबको लग रहा है कि उनके सोचने मात्र से अगले चार साल में ही भारत खेल जगत् का सिरमौर बन जाएगा।

लेकिन मेरी विनम्र राय यह है कि भारत को अगली बार भी एक-दो पदक ही जीतने चाहिए। बल्कि हो सके, तो दो-तीन ओलंपिक के बाद हमें पदक जीतना चाहिए। यदि हमने भी चीन या अमरीका की तरह पदकों का ढेर लगा दिया, तो फिर हमारे खिलाड़ियों को वह सम्मान नहीं मिलेगा, जो इस बार मिला है। जैसा हल्ला इस बार देश में हुआ, वैसा तब नहीं होगा।

देखिए, अभिनव बिंद्रा के निशानेबाजी में स्वर्ण पदक जीतने का समाचार प्रातः दस बजे आ गया था। इसके बाद दूरदर्शन के हर चैनल पर अभिनव बिंद्रा ही छा गए। अगले दिन सब समाचार पत्रों के मुखपृष्ठ पर पदक लेते हुए खूबसूरत अभिनव के चित्र छपे थे। भारत की खुशी से दुःखी होनेवाले हमारे कई महान् समाचार पत्रों को भी मजबूरी में उसका चित्र छापना पड़ा। लगभग यही स्थिति

मुक्केबाज विजेंद्र और पहलवान सुशील कुमार के साथ हुई।

राष्ट्रपति से लेकर प्रधानमंत्री और सोनिया गांधी से लेकर आडवाणीजी तक, सबने इन्हें बधाई दी। प्राय: सभी बड़े औद्योगिक घराने इन्हें पुरस्कृत कर रहे हैं। कोई इन्हें मोटरसाइकिल दे रहा है, तो कोई कार। कोई नि:शुल्क रेल यात्रा की सुविधा दे रहा है, तो कोई वायु यात्रा की। हर दिन कहीं-न-कहीं उनका सम्मान हो रहा है। फिल्म और विज्ञापन जगत् में उनकी कीमत बढ़ गई है। यह बहुत बड़ी बात है। कुछ धूर्त राजनेता उनके सहारे अगले चुनाव की नैया पार करने की जुगाड़ में भी हैं।

इसके दूसरी ओर अमरीका के खिलाड़ियों को देखिए। अमरीकी तैराक माइकल फेल्प्स ने इस बार जो करिश्मा किया, वैसा आज तक कोई नहीं कर सका। उसने आठ प्रतियोगिताओं में भाग लिया और सबमें स्वर्ण जीता। उसने आज तक ओलंपिक प्रतियोगिताओं में सर्वाधिक पदक जीतने का भी कीर्तिमान बनाया है; लेकिन जब वह अमरीका पहुँचा, तो उसे लेने कोई हवाई अड्डे पर नहीं आया। बेचारे को खुद अपनी कार चलाकर घर जाना पड़ा। आठ स्वर्ण पदक जीतने वाले की इससे अधिक बेकदरी और क्या होगी?

इसीलिए मेरा कहना है कि हमें इस मामले में तेजी नहीं दिखानी चाहिए। यदि हम हर बार दस-बीस पदक जीतने लगे, तो हमारे खिलाड़ियों को भी कोई घास नहीं डालेगा। पदक और पदक तालिका में भारत को दुर्लभ स्थान पर ही रहने दें, तो अच्छा है।

मेरा यह सुझाव आपको भले ही खराब लगे; पर हमारे खेल संघों, नेताओं और मीडिया जगत् ने इसे लागू करने का पूरा प्रबंध कर रखा है। उन्होंने निश्चय कर लिया है कि वे खेलों में राजनीति, जातिवाद, क्षेत्रवाद और भ्रष्टाचार का दबदबा बनाए रखेंगे। भारोत्तोलक मोनिका देवी को षड्यंत्रपूर्वक बीजिंग जाने से पहले ही बाहर कर उन्होंने अपने इरादे दिखा दिए हैं। सार्वजनिक समारोहों में नेता आगे बैठेंगे और खिलाड़ी पीछे। मीडिया ने कुछ दिन इन खिलाड़ी और खेलों को महत्त्व दिया; पर अब वह फिर से क्रिकेट राग गाने लगा है।

ठीक भी है। क्रिकेट साल के 12 महीने और 24 घंटे चलने वाला कारोबार है, जबकि कुश्ती, मुक्केबाजी या निशानेबाजी में दस-बीस मिनट में आर-पार हो जाता है। आखिर दूरदर्शन के चैनलों को भी तो रोटी खानी है; और वह क्रिकेट से ही मिल सकती है। पंचों की राय सिर माथे, पतनाला वहीं गिरेगा। इसलिए मैंने अपनी आशा और विश्वास व्यक्त कर दिया है, बाकी का ईश्वर जाने। □

करूँ क्या आस निरास भई...

मुझे बड़ी आशा थी। कम-से-इस बार तो दुनिया नष्ट हो ही जाएगी; पर इस बार भी कुछ नहीं हुआ। कई दिन से समाचार पत्र मुखपृष्ठ पर छाप रहे थे। दूरदर्शन वाले भी यही कहानी सुना रहे थे। बच्चों को तो कुछ भय नहीं था; पर बुजुर्ग परेशान थे।

लेकिन इन सबसे अलग मैं, दुनिया के नष्ट होने की प्रतीक्षा में था; पर कुछ नहीं हुआ। जैसी दुनिया कल थी, वैसी ही आज है। बल्कि कल से कुछ बदतर ही है। मेरे सारी आशाएँ धूल में मिल गईं। दुनिया नष्ट हो जाती, तो मेरा कितना लाभ होता? आप समझने का प्रयास करें।

मैंने दो महीने पहले शर्माजी से पाँच हजार रुपए उधार लिए थे। वे कई दिन से तकादा कर रहे थे। मैं भी टाल रहा था। मुझे पता था कि दस सितंबर को सबकुछ नष्ट हो जाएगा। फिर कहाँ होंगे शर्माजी और कहाँ मैं। फिर किसका उधार और किसका तकादा। बल्कि मुझे तो दुःख इस बात का हो रहा था कि मैंने उनसे पाँच की बजाय दस हजार रुपए क्यों नहीं लिए? पर अब सब पर पानी फिर गया। अब तो उन्हें पैसे देने ही पड़ेंगे।

मैंने अपने मकान मालिक वर्माजी को पिछले छह महीने से किराया नहीं दिया। वे कई बार प्यार से और फिर गुस्से से भी कह चुके हैं। एक बार तो वे सामान फेंकने की धमकी भी दे चुके हैं; पर मैं चुप था। मुझे आशा थी कि दस सितंबर के बाद न वर्माजी रहेंगे और न उनका मकान; पर पूरा दिन बीत गया, कुछ नहीं हुआ। अब उनका किराया भी देना ही पड़ेगा।

दस सितंबर की सुबह मेरे एक मित्र की मौसी का देहाँत हो गया। 11 बजे

उनका फोन आया कि मैं शमशान में हूँ। कार्यालय कुछ देर से आऊँगा। मैं ठहरा मुँहफट आदमी, मैंने कह दिया कि मौसीजी के दाह संस्कार के बाद भी वहीं रहना। वरना दुबारा ले जाने की मेहनत करनी पड़ेगी। इससे वे नाराज होकर गाली देने लगे। मैंने कहा दे लो भाई, यह अरमान भी मन में न रह जाए; पर शाम तक वे कार्यालय में आ गए। कई साल की मित्रता एक ही दिन में समाप्त होने का संकट पैदा हो गया। बड़ी मुश्किल से बात को सँभाला। सोचिये, दुनिया नष्ट न होने से मेरी कितनी हानि हुई।

अक्तूबर मास में मेरी पत्नी का 50वाँ जन्मदिन है। वे पिछले दो-तीन महीने से कह रही थीं कि इसे धूमधाम से मनाएँगे। दिन में कथा-कीर्तन और रात में सभी मित्र, परिचितों और रिश्तेदारों का भोजन। बच्चे भी उनके समर्थन में थे; पर इससे मैं बीस-तीस हजार के नीचे आ जाऊँगा, इसका उन्हें ध्यान ही नहीं था।

मैंने बात टालने के लिए हाँ कर दी; क्योंकि मुझे दस सितंबर का ध्यान था। उसके बाद कैसी पत्नी और कैसा जन्मदिन? पर भगवान् ने मुझ पर दया नहीं की। अब उनका जन्मदिन मनाना ही पड़ेगा। उन्होंने और बच्चों ने मिलकर 200 लोगों की सूची और दावत का मीनू भी बना लिया है। मेरे पास बाल नोचने और जेब ढीली करने के अतिरिक्त अब कोई चारा नहीं है।

मेरी कविताओं की एक पुस्तक कई साल पहले प्रकाशित हुई थी। मैं उसे नि:शुल्क बाँट-बाँटकर थक गया; पर आज तक उसे शहर वालों ने भी किसी सम्मान के योग्य नहीं समझा। इससे झल्लाकर मैंने अपने लेखक मित्रों को बताया कि लखनऊ नगर ही नहीं, पूरे उत्तर प्रदेश और देश में हिंदी कविता के कदरदान ही नहीं हैं। इसलिए मैंने उसे बुकर और नोबेल पुरस्कार की चयन समिति को भेज दिया है। 2009 में निश्चित ही उसे कोई महत्त्वपूर्ण अंतरराष्ट्रीय पुरस्कार मिलेगा; पर मुझे क्या पता था कि दस सितंबर को कुछ नहीं होगा। अब मेरी पोल खुल जाएगी।

ऐसी बहुत सी बातें हैं; पर अब उन्हें बताने से क्या-लाभ। आप सुनकर मेरी मूर्खता पर हँसेंगे; पर यह सच है कि मेरी सब आशाएँ धूल में मिल गईं। हुआ वही जो अधिकांश लोग कह रहे थे कि कुछ नहीं होगा। अब मजबूरी में मैं भी उनकी हाँ-में-हाँ मिला रहा हूँ।

अब मुझे हर दिन की तरह पत्नी के ताने सुनने ही होंगे। बच्चों की इच्छाएँ पूरी करनी ही होगी। पड़ोसी से झगड़ना ही होगा, कार्यालय में अकड़ना ही होगा। दूध की लाइन में लगना ही होगा, बेटी की शादी के लिए भटकना ही होगा। बेटे की नौकरी के लिए रिश्वत देनी और उस कमी को पूरा करने के लिए मुझे रिश्वत

लेनी ही होगी। अर्थात वह सब करना होगा, जो अब तक कर रहा था।

वैसे समाचार पत्रों में यह छपा है कि अभी उस महाप्रयोग का केवल पहला चरण ही पूरा हुआ है। असली काम अर्थात् प्रोटोन कणों की टक्कर अक्तूबर में होगी। इस बार तो नहीं हुई; पर तब शायद मेरी इच्छा पूरी हो जाए। भगवान् भला करे।

□

विकास का मूल्य

मेरे क्षेत्र (रामनगर) के लोग स्थानीय पार्षद से बहुत नाराज थे। उन्हें शिकायत थी कि हर महीने मुख्य सड़क पर तोड़फोड़ हो रही है। ठेकेदार काम करने के बाद गड्ढों को ठीक से भरता नहीं है। इस कारण कई बच्चे उसमें गिर चुके थे। यद्यपि वे गड्ढे इतने गहरे नहीं थे कि उसमें फँसे बच्चों को निकालने का दूरदर्शन पर सीधा प्रसारण हो और हरियाणा के प्रिंस की तरह कोई जोरदार समाचार बन सके। फिर भी गड्ढे तो थे ही।

खुदाई के कारण सुबह टहलने वाले बुजुर्गों को भी बहुत परेशानी थी। प्रायः वे अँधेरे में ही निकल जाते थे। टूटी सड़क पर परसों शर्माजी गिर पड़े और उनकी टाँग टूट गई। अब वे नगरपालिका को और उनके बच्चे अपने पिताजी को कोस रहे हैं।

ऐसी ही अनेक समस्याएँ थीं। अतः विचार हुआ कि नगराध्यक्ष से मिलकर अपनी बात रखी जाए। आनन-फानन में एक प्रतिनिधिमंडल बनाया गया। प्रतिनिधिमंडल में प्रतिनिधित्व के प्रश्न पर भारी मतभेद उभर आए। अंततः दो बुजुर्ग, दो युवक, एक महिला, एक व्यापारी और एक कर्मचारी को उसमें लिया गया। इसका नेतृत्व कौन करे, यह अगली समस्या थी। वर्माजी अपने अनुभव, तो गुप्ताजी अपनी डिग्री को आधार बना रहे थे। सक्सेना साहब अगली बार पार्षद का चुनाव लड़ना चाहते थे, इसलिए वे भी नेतृत्व के इच्छुक थे। रामलालजी इस बार चुनाव हार चुके थे, वे प्रतिनिधिमंडल का नेतृत्व कर जीते हुए पार्षद की छीछालेदर करना चाहते थे।

अंततः निर्णय हुआ कि महिला प्रतिनिधि अर्थात् श्रीमती सुरेखा को आगे रखा जाए। इससे समय मिलने में सुविधा होगी और महिला सशक्तीकरण को भी बल

मिलेगा। हाँ, बात करते समय वर्माजी ही आगे रहेंगे। वे यहाँ के सबसे पुराने निवासी तो हैं ही, साथ ही उन्होंने सबको अपनी कार में ले जाने का भी वायदा किया था।

यह सब हो जाने के बाद प्रार्थना पत्र बना, समस्याएँ लिखी गईं और उसे नगरपालिका कार्यालय में भेज दिया गया। आशा के विपरीत दूसरे ही दिन का समय मिल गया। किसी ने इसे श्रीमती सुरेखा के नाम का कमाल कहा, तो किसी ने अपनी रणनीति का। किसी ने कहा कि नगराध्यक्ष लोकसभा का चुनाव लड़ना चाहते हैं, इसलिए ऐसा हुआ है। खैर, दूसरे दिन सब कार्यालय पहुँच गए।

नगराध्यक्ष के कार्यालय के बाहर खूब भीड़ थी। दो प्रतिनिधिमंडल और वहाँ उपस्थित थे। सफाई कर्मचारी भी अपनी समस्याएँ लेकर वहाँ डटे थे। इसलिए मिलने में देर लगी। तब तक सबको चाय की तलब लग आई। चाय के लिए श्रीमती सुरेखा को अपना पर्स हलका करना पड़ा, इससे उनका तो मूड ही खराब हो गया।

दो घंटे बाद बुलावा आने पर सबने अपने कपड़े झाड़े, सुरेखाजी ने अपने केश भी सुधारे। नगराध्यक्ष महोदय को रामनगर से बहुत कम वोट मिले थे, फिर भी उन्होंने सबका स्वागत किया। यद्यपि तय हुआ था कि वर्माजी ही बात करेंगे; पर सब बढ़चढ़ कर बोलने के प्रयास में थे। नगराध्यक्ष के खाते में सब अपने अंक बढ़वाना चाहते थे, न जाने कब उनसे काम पड़ जाए। खैर बात शुरू हुई।

— तो सेवा बताएँ। नगराध्यक्ष मानो चाशनी में लपेट कर बोले।
— मान्यवर, हमारे मोहल्ले में लोग बहुत परेशान हैं। पानी थोड़ी देर के लिए आता है, और तब भी उसका दबाव बहुत कम रहता है।
— पानी की जिम्मेदारी जिला पंचायत की है।
— सर, बिजली का भी बहुत बुरा हाल है।
— वह तो सीधे प्रदेश सरकार देखती है। हमारे पास तो विकास के काम हैं, उसकी कोई समस्या हो तो बताएँ?
— जी मुख्य समस्या तो वही है। मोहल्ले में विकास के काम ठीक से नहीं हो रहे।
— पर मेरी रिपोर्ट के अनुसार वहाँ लगातार काम हो रहे हैं। बताइए छह महीने पहले वहाँ सड़क की मरम्मत हुई थी या नहीं?
— हाँ, मरम्मत तो हुई है, पर…
— फिर उसके बाद पानी के नए पाइप डाले गए?
— हाँ, डाले तो गए; पर यदि ये पहले डाल दिए जाते, तो सड़क को दुबारा न तोड़ना पड़ता।

— और फिर टेलीफोन के तार पड़े हैं?

— जी पड़े तो; पर इसके लिए सड़क तीसरी बार खोदी गई। हर बार ठेकेदार उसे ठीक किए बिना ही चल देता है। इससे कई बच्चे चोट खा चुके हैं।

— भाई विकास के लिए कुछ कष्ट तो उठाने ही पड़ते हैं। बच्चे अभी से चोट खाना सीख जाएँगे, तो आगे चलकर जिंदगी की बड़ी चोटों को भी झेल सकेंगे। वैसे बच्चे आजकल सड़क पर खेलते ही कहाँ हैं; वे तो टी.वी. या कंप्यूटर के आगे ही बैठे रहते हैं? और इन दिनों वहाँ नालियाँ बन रही हैं।

— जी बन तो रही हैं; पर ठेकेदार ने पुरानी ईंटे सड़क के बीच में फैला दी हैं, इससे बुजर्गों को परेशानी हो रही है।

— मेरे पिताजी कहते हैं कि बुजुर्गों का जीवन तो अपने आप में एक परेशानी ही है। उन्हें इस उम्र में सावधान रहना ही चाहिए।

— सड़क टूटी होने से ठेले वाले उधर आ नहीं पाते, इससे हमें बड़े बाजार में जाकर महँगे फल और सब्जी खरीदनी पड़ रही है।

— आजकल रासायनिक खाद और दवाओं वाली सब्जी या फल खाना बहुत खतरनाक है। मैं तो इस कोठी के किचन गार्डन में उगी सब्जी और नगरपालिका कार्यालय के बाग के फल ही खाता हूँ।

— पर सड़क की खराबी से डेरी वाला भी परेशान है। उसने धमकी दी है कि यदि सड़क ठीक न हुई, तो वह डेरी बंद कर देगा।

अब नगराध्यक्ष महोदय तैश में आ गए—देखिए, विकास के लिए कुछ मूल्य तो चुकाना ही पड़ता है। मैंने चुनाव से पहले शहर के विकास का वायदा किया था। क्या मैं अपनी बात से हट जाऊँ? अब आप प्रस्थान करें। बाहर ठेकेदार प्रतीक्षा में हैं। मुझे उनसे मिलकर हर मोहल्ले में विकास की गति तेज करानी है। आखिर उन्होंने भी विकास के लिए काफी मूल्य चुकाया है।

— पर मान्यवर, ये विकास के काम कब तक चलेंगे?

— जब तक ठेकेदार विकास का मूल्य चुकाते रहेंगे, तब तक।

अब बैरंग लौटना ही एकमात्र रास्ता था।

□

कोड नंबर का जंजाल

बचपन में एक कहानी पढ़ी थी। एक व्यापारी और अध्यापक यात्रा कर रहे थे। व्यापारी ने समय काटने के लिए अध्यापक से बात करनी चाही। उसने कहा कि एक बात के सौ रुपए लगेंगे। व्यापारी ने उसे सौ रुपए दिए, तो अध्यापक यह कहकर चुप हो गया कि जिससे भी मिलो, सबसे पहले उसका नाम पूछो।

व्यापारी को बड़ा क्रोध आया; पर रास्ता लंबा था, अतः फिर सौ रुपए दिए। अध्यापक बोला, अब पूछो कि वह कहाँ का निवासी है ? इसी प्रकार तीसरी और चौथी बार उसका गाँव, काम आदि पूछने को कहा। इसके बाद दोनों के मार्ग अलग हो गए। थोड़ा आगे बढ़ते ही व्यापारी को डाकुओं ने घेर लिया। उसने अध्यापक को बहुत पुकारा; पर उनके आने तक व्यापारी लुट चुका था।

व्यापारी के नाराज होने पर अध्यापक ने कहा कि यदि तुम मेरी बात मानकर मेरा नाम पूछते और फिर नाम से बुलाते, तो मैं जल्दी आ सकता था; पर तुम तो गुरुजी, गुरुजी चिल्ला रहे थे। यह कहकर उन्होंने व्यापारी के पैसे वापस किए और चल दिए।

कहानी का भाव यह है कि नाम हर किसी की प्रमुख पहचान है। बच्चे के गर्भ में आते ही दंपती संभावित नामों की चर्चा करने लगते हैं। आजकल तो इस बारे में अनेक पुस्तकें भी उपलब्ध हैं। जन्म के बाद पंडितजी को बुलाकर विधिवत बच्चे का नामकरण होता है; पर इससे पूर्व ही दादा-दादी, नाना-नानी अपने-अपने नाम गढ़ लेते हैं। यद्यपि पंडितजी वाला नाम ही आजीवन, और यदि व्यक्ति प्रसिद्ध या बदनाम हो जाए तो मृत्यु के बाद भी उसकी पहचान बनता है। नाम की महिमा अपरंपार है।

पर नामुराद विज्ञान इन दिनों नाम को मिटाने में जुटा है। सुबह से ही कोड, पासवर्ड और नंबरों का उपयोग शुरू हो जाता है। ऐसा लगता है कि यदि यही गति चलती रही, तो व्यक्ति को उसके नाम की बजाय नंबर और कोड से पहचाना और संबोधित किया जाएगा। बस खतरा यह है कि नंबरों के इस जाल में उलझकर व्यक्ति का जीवन ही जंजाल न बन जाए।

वर्माजी कहीं बाहर से आए हैं। घर में घुसने के लिए ताले को जिस कोड नंबर से खोलना है, दुर्भाग्यवश वे उसे भूल गए। वे उच्च रक्तचाप के मरीज थे, अतः तनाव में आ गए। वे समझ नहीं पाए कि क्या करें। तब तक पड़ोस के शर्माजी आ गए। उन्होंने सुझाव दिया कि ताले वाली कंपनी को फोन करें, उनके इंजीनियर आकर आपकी सहायता कर सकते हैं।

मरता क्या न करता। वर्माजी ने फोन करने के लिए मोबाइल निकाला, तो वह भी लॉक था। तनाव के कारण वे उसे खोलने वाला कोड भी भूल गए। किसी तरह शर्माजी ने उस इंजीनियर से संपर्क किया और इस प्रकार वर्माजी अपने घर में जा सके।

पर समस्या यहीं समाप्त नहीं होती। गुप्ताजी अपने कंप्यूटर के सामने सिर पकड़े बैठे हैं। आज न जाने कैसे वे उसे खोलने का पासवर्ड ही भूल गए। पासवर्ड उन्होंने एक डायरी में लिख रखा है और वह डायरी अलमारी में है। पर हाय, वह अलमारी भी कोड नंबर वाले ताले से बंद है, जिसका नंबर उनके कंप्यूटर की एक फाइल में ही लिखा है। घबराहट में वे उस अलमारी को खोलने वाला नंबर भी भूल गए। वे समझ नहीं पा रहे हैं कि आलमारी को तोड़ें या कंप्यूटर को, या फिर अपना सिर ही फोड़ लें। अब आप ही उनकी कुछ सहायता करें।

सुरेश बाबू की परेशानी भी कुछ कम नहीं है। वे किसी काम से आज लखनऊ आए हैं। रास्ते में उनका मोबाइल किसी ने पार कर लिया। अब वे दुःखी हैं, उनके ए.टी.एम. कार्ड का पासवर्ड उसी मोबाइल में लिखा है। वे पी.सी.ओ. से कई बार घर फोन मिला चुके हैं; पर श्रीमतीजी मंदिर गई हैं। जब तक वे वापस न आएँ, तब तक सुरेश बाबू समस्याग्रस्त रहेंगे। क्योंकि उस ए.टी.एम. कार्ड का पासवर्ड उनके अलावा उनकी श्रीमतीजी को ही मालूम है। अब श्रीमतीजी मंदिर में और सुरेश बाबू मजबूरी में स्टेशन पर बैठकर राम-नाम जप रहे हैं।

सोचिए, कुछ साल बाद क्या होगा, जब वोटर कार्ड से लेकर बैंक खाते तक और टी.वी. से लेकर कार तक को खोलने के लिए स्विस बैंक की तरह नाम नहीं, कोड ही काम करेंगे। राष्ट्रीय पहचान पत्र की योजना पर सरकार काम कर ही रही है। तब हर नागरिक का नाम नहीं, नंबर ही महत्त्वपूर्ण होगा। वह कितने अंकों का

होगा, कहना कठिन है। उसे याद रखना तो और भी मुसीबत होगा। मुझे भय है कि नंबर की गलती से कहीं शर्माजी की जगह वर्माजी को ही नौकरी से न निकाल दिया जाए। कल्पना कीजिए, अमर सिंह पैर पटक-पटक कर चिल्ला रहे हैं कि मैं जिंदा हूँ, मृत्यु समर सिंह की हुई है; पर शमशान के कंप्यूटर में ठीक या गलत, जो नंबर आया है, उसके आधार पर उन्हें चिता पर चढ़ना ही होगा।

मैं पुरानी पीढ़ी का भला आदमी हूँ। मेरी प्रभु से प्रार्थना है कि कोड और पासवर्ड के झंझट में फँसने से पहले ही वह मुझे अपने पास बुला ले; पर एक खतरे से मैं फिर आशंकित हूँ कि कहीं वहाँ भी कोड न चलता हो और किसी नंबर या पासवर्ड की गलती से मैं स्वर्ग की बजाय आप लोगों के बीच नरक में न पहुँच जाऊँ?

□

डॉक्टर का सेक्यूलर एजेंडा

यह चुनाव का मौसम है, जिसे देखो वही चुनावी रंग में रंगा है। रिक्शावाला स्टेशन पहुँचाने के लिए आठ रुपए की बजाय आठ वोट माँगता है। बेकरीवाला कितनी डबलरोटी की बजाय कितने वोट दूँ, यह पूछ रहा है। लगता है जैसे-जैसे मतदान के दिन पास आएँगे, बीमारी और गंभीर होती जाएगी।

पिछले दिनों दवा लेने के लिए एक डॉक्टर के पास गया। उनकी दुकान पर साल में दो-चार बार जाना ही पड़ता है। सामाजिक प्रवृत्ति के होने के कारण भी उनसे मिलना होता रहता है। उनकी दुकान पर कई मरीज प्रतीक्षा में थे। मैं भी अपना नाम लिखा कर बैठ गया और समय बिताने के लिए दूरदर्शन को निकट से देखने लगा।

आजकल सभी डॉक्टरों ने अपने प्रतीक्षा कक्ष में टी.वी. लगा लिए हैं, जिस पर कुछ-न-कुछ आता ही रहता है। केबल वालों की ऐसी कृपा है कि भजन से लेकर व्यायाम तक, नाच से लेकर फिल्म तक और समाचार से लेकर सब्जी-अचार तक, सब 24 घंटे उपलब्ध है। 'जाकी रहे भावना जैसी, टी.वी. पर देखे वह तैसी' का माहौल सर्वत्र व्याप्त है।

इससे पहले मैं जब भी उनकी दुकान पर आया, टी.वी. पर अच्छे कार्यक्रम ही देखने को मिले। कभी स्वामी रामदेव के आसन, व्यायाम और प्राणायाम, कभी आसाराम बापू, मुरारी बापू, रमेश भाई ओझा के प्रवचन, कभी भक्ति संगीत या फिर शास्त्रीय गायन; पर इस बार बेहूदी फिल्में वहाँ चल रही थीं। मुझे थोड़ा आश्चर्य हुआ। दवा लेते समय इस बारे में चर्चा करना ठीक नहीं था, अतः चुप ही रहा।

दो दिन बाद डॉक्टर साहब पार्क में टहलते मिल गए। उन्होंने मेरा हाल-चाल

पूछा, फिर इधर-उधर की बात होने लगी। मैंने उस दिन टी.वी. पर आ रहे कार्यक्रम के बारे में अपनी जिज्ञासा उनके सम्मुख रखी। डॉक्टर साहब जोर से हँसे और बोले—भाई साहब, मेरी दुकान पर हर तरह और पार्टी के मरीज आते हैं। मुझे दवा के साथ उनकी भावनाओं का भी ध्यान रखना पड़ता है।

— मैं समझा नहीं, टी.वी. के कार्यक्रम का मरीज की भावनाओं से क्या संबंध है? क्या यह कोई नई 'पैथी' है, जिसमें दवा के साथ विशेष प्रकार के मनोरंजन की भी खुराक दी जाती है?

— जी नहीं, लेकिन धार्मिक कार्यक्रम से बहुत से लोगों की भावनाएँ आहत होती हैं। आप जानते हैं कि भाजपा वाले ही प्राय: धर्म-कर्म की बात करते हैं। उनके घोषणा पत्र में भी राम मंदिर, गंगा रक्षा और गोरक्षा जैसे मुद्दे हैं। धार्मिक चैनलों पर आनेवाले प्रवचनों में इनकी चर्चा होती ही है। मेरे बहुत से मरीज कहते हैं कि मैं दवा देने के साथ भाजपा का प्रचार भी करता हूँ। इसलिए चुनाव के दिनों में मैं ऐसे कार्यक्रम दिखाना बंद कर देता हूँ।

— पर फूहड़ फिल्मों या सीरियलों से तो किसी का भला नहीं होता।

— अरे भाई, इस चुनाव से ही किसका भला हो रहा है? सरकार चाहे किसी की बने; पर जनता को तो नमक-तेल के चक्कर से छुटकारा नहीं मिलेगा। बड़े दल बड़े वायदे कर रहे हैं और छोटे दल उनसे भी बड़े। कोई दो रुपए किलो चावल देने को कह रहा है, तो कोई एक रुपए किलो। हो सकता है कोई दल गेहूँ के साथ सब्जी और चावल के साथ दाल भी देने का वायदा कर ले। सबको पता है कि पूर्ण बहुमत किसी को नहीं मिलेगा। सरकार बनाने के लिए गठबंधन और गठबंधन चलाने के लिए समझौते करने ही होंगे। इसलिए बातें करने में किसी का क्या जाता है?

— पर इसका आपकी दुकान के टी.वी. कार्यक्रमों से क्या संबंध है?

— बहुत है। इसलिए इस चुनाव का फंडा और चुनाव तक मेरा एजेंडा भी स्पष्ट है। मैं कुछ दिनों के लिए सेक्यूलर हो गया हूँ।

— तो सेक्यूलर क्या आदमी से कुछ अलग होता है?

— जी बिलकुल। इसलिए मेरी नजर में अब राममंदिर सांप्रदायिक है और बाबरी मसजिद सेक्यूलर; गोरक्षा सांप्रदायिक है और गोहत्या सेक्यूलर; हिंदी सांप्रदायिक हैं और उर्दू सेक्यूलर; गीत सांप्रदायिक हैं और गजल सेक्यूलर; भजन सांप्रदायिक हैं और नंगी फिल्में सेक्यूलर; आसन सांप्रदायिक

हैं और बेहूदे सीरियल सेक्यूलर। मुझे भी अपनी दुकान चलानी है, इसलिए यह मजबूरी है। चुनाव के बाद फिर आपको टी.वी. पर अच्छे कार्यक्रम दिखाई देंगे।

पार्क से लौटते हुए मैंने सोचा कि अच्छा हुआ, जो मैं सेक्यूलर न हुआ। कम-से-कम मुझे आदमी मानने में तो कोई संदेह नहीं करेगा।

□

...और जूता चल गया

एक प्रख्यात शायर हुए हैं अकबर इलाहबादी। हास्य-व्यंग्य से भरपूर रचनाएँ लिखने में उन्हें महारत प्राप्त थी। यों तो वे न्यायाधीश थे; पर भारतीय संविधान के साथ-साथ शायद जूता न्याय पर भी उन्हें विश्वास था। इसलिए आजादी के बाद ही उन्होंने लिख दिया था—

जूता बाटा ने बनाया, मैंने इक मजमूं लिखा
मेरा मजमूं चल न पाया और जूता चल गया।।

उस समय तो उनकी बात पर लोगों ने अधिक ध्यान नहीं दिया; पर इन दिनों जूता जिस तरह अंतरराष्ट्रीय चर्चा का केंद्रबिंदु बन गया है, उसे देखते हुए मैं राष्ट्रपति महोदया से अनुरोध करता हूँ कि ऐसे दूरदृष्टा शायर को पद्म पुरस्कार प्रदान किया जाए।

अमरीका के राष्ट्रपति जॉर्ज बुश पर इराक में अल जजीरा टी.वी. चैनल के एक पत्रकार मुंतजर अल जैदी ने जूता क्या फेंका, उस जूता कंपनी के भाग्य से छींका ही नहीं, वह छत भी टूट गई, जिस पर छींका टँगा था। रातोंरात उसकी बिक्री में कई गुना वृद्धि हो गई। अब कंपनी वाले दिन-रात जूते बना रहे हैं; पर माँग पूरी नहीं हो पा रही है। जूता कंपनी वाले उस पत्रकार को कोस रहे हैं, यदि उसने पहले ही बता दिया होता, तो वे दो-चार लाख जूते बनाकर तैयार रखते। यदि वह चाहता, तो उसे कुछ कमीशन भी दे देते; पर लेखक और पत्रकारों में यदि व्यापारिक बुद्धि होती, तो वे पूँजीपतियों की पत्र-पत्रिकाओं में कलम घिसने की बजाय खुद ही पूँजीपति न बन गए होते? खैर जो भी हो; पर उस प्रकरण से जूते को जो ख्याति मिली, उसे देखकर राजमुकुट भी ईर्ष्या कर रहा है।

जॉर्ज बुश के बाद यह सम्मान चीन के प्रधानमंत्री वेन जियाबाओ को मिला, जब वे कैंब्रिज विश्वविद्यालय में भाषण दे रहे थे। एक जर्मन युवक मार्टिन जहान्के ने उन पर जूता दे मारा। इसके बाद स्वीडन के स्टाकहोम विश्वविद्यालय में भाषण देते समय इसराइल के राजदूत पर जूता फेंका गया।

विदेश की हर घटना को भारत में प्रशंसा की नजर से देखा जाता है, इसलिए हम भला पीछे क्यों रहते? दिल्ली में पत्रकार वार्त्ता के समय दैनिक जागरण के पत्रकार जरनैल सिंह ने गृहमंत्री चिदंबरम पर जूता फेंक कर इस एपीसोड का शुभारंभ किया। कहते हैं कि वह 1984 में इंदिरा गांधी की हत्या के बाद हुए दंगों में योजनाबद्ध रूप से दिल्ली में किए गए सिख नरसंहार के दोषियों को सजा न मिलने से दुःखी था। यद्यपि चिदंबरम महोदय ने उसे वहीं माफ कर दिया; पर दैनिक जागरण के प्रबंध तंत्र ने उसे बरखास्त कर दिया।

चिदंबरम और जरनैल सिंह तो अपने-अपने काम में लग गए; पर असली जूता तो उस नरसंहार के आरोपी जगदीश टाइटलर और सज्जन कुमार के मुँह पर तब पड़ा, जब उन्हें लोकसभा चुनाव के लिए दिया गया टिकट वापस ले लिया गया। यह उस जूता प्रकरण का प्रभाव था या दुष्प्रभाव, यह तो दिल्ली के मतदाता ही निर्णय करेंगे। जरनैल सिंह के जूते से कांग्रेस के मुँह पर जो चरण चिह्न बना, उसे उसका एक तो क्या, शायद दोनों कातिल हाथ भी मिलकर न मिटा सकें। यह कौन भूल सकता है कि राजीव गांधी ने ही बड़े पेड़ के गिरने पर धरती हिलने की बात कहकर उस नरसंहार को उचित बताया था।

पर अमरीकी राष्ट्रपति से शुरू हुआ यह किस्सा हरियाणा के एक कांग्रेसी सांसद नवीन जिंदल तक जा पहुँचा है। उन्हें एक शराबी अध्यापक ने ही सम्मानित कर दिया। लगता है कुछ दिन बाद लोग अपनी निजी समस्याओं की ओर ध्यान दिलाने के लिए नगर और ग्राम पंचायत के सदस्यों को भी जूते ही मारेंगे। नेताओं की इज्जत की तो कोई बात नहीं; पर जूते की घटती गरिमा से मैं बहुत चिंतित हूँ। भले ही पैरों में पहना जाता हो; पर आखिर उसकी भी कोई प्रतिष्ठा है। अतः यह घटिया एपीसोड अब यहीं समाप्त होना चाहिए।

चुनाव के दिनों में जूते के इस बहुआयामी प्रयोग से कुछ लोग सुखी हैं, तो कुछ दुःखी। इन दिनों सब ओर प्रत्याशियों को सिक्कों से तोला जा रहा है। एक नेताजी अपने तुले हुए सिक्कों की बोरी लेकर जब घर पहुँचे, तो उसमें सिक्के कम और जूते अधिक निकले। अभी तो वे चुप हैं; पर चुनाव के बाद उस वार्ड वालों को सबक सिखाने का उन्होंने पक्का निश्चय कर लिया है।

कुछ लोगों ने इसमें भी नई संभावनाएँ ढूँढ़ ली हैं। पिछले दिनों हमारे मोहल्ले में एक नेताजी की चुनावी सभा थी। उनके प्रचार वाले पर्चे पर लिखा था—यदि आप नेताजी पर जूता फेंकना चाहते हैं, तो आपका स्वागत है; पर कृपया दोनों पैरों के जूते फेंके। एक जूता किसी के काम नहीं आता। इतना ही नहीं, उन्होंने अपने पूरे घर वालों के पैर का नंबर भी पर्चे में छपवा दिया। ऐसे में मुझे एक हास्य कवि धर्मवीर 'सबरस' का एक दुमदार दोहा याद आ गया। ऐसी कालजई रचनाओं के लिए ही 'जहाँ न पहुँचे रवि, वहाँ पहुँचे कवि' वाली बात कही गई है।

दक्षिणा में निज शिष्य से, लिया अँगूठा माँग
गलती की गुरु द्रोण ने, लेते दोनों टाँग।
साथ में जूते मिलते।।

जूते के अनेक सदुपयोग हमें पहले से ही मालूम हैं। सड़क पर अचानक गिरे व्यक्ति को जूता सुँघाते लोगों को आपने देखा ही होगा। 10-12 लाख रुपए में नया ट्रक लेकर उस पर न जाने क्यों टूटा और सड़ा जूता लटका दिया जाता है। ट्रक या बस के पीछे जूते के चित्र के साथ यह वाक्य अवश्य लिखा मिलता है—बुरी नजर वाले तेरा मुँह काला या बुरी नजर वाले की सेवा में। समय जिस तरह बदल रहा है, उसमें आश्चर्य नहीं कि प्रगतिशील लोग नए मकान पर या किसी भी समारोह के स्वागत द्वार पर या विवाह के समय जयमाल में जूता ही लटकाने लगें। इतने तक तो ठीक है; पर लोग जन्मदिन या विवाह के समय या किसी के स्वागत अथवा विदाई समारोह में फूलों के बदले खूबसूरत पारदर्शी पन्नी में लपेटकर पुराना जूता देने लगें, तो जरूर समस्या खड़ी हो जाएगी।

शेखचिल्ली और उसके पुराने जूते की कहानी आपने सुनी ही होगी। पुराने जूतों के इन नए उपयोग से नालियों में जाम लगने की समस्या भी हल हो जाएगी। हो सकता है भविष्य में कोई चिकित्सा शास्त्री किसी असाध्य रोग के लिए 'जूता अर्क' या 'जूता चूर्ण' जैसी कोई दवा ही खोज ले। जूता जितना पुराना होगा, दवा उतनी अधिक प्रभावी मानी जाएगी। आजकल भारतीय दवाओं के प्रति विदेशों में भारी आकर्षण है। दवा निर्माता यदि चाहें, तो 'एक्सपोर्ट क्वालिटी' का लेबल लगाकर भारी मुनाफा कमा सकते हैं।

इन दिनों जूते के उपयोग में जो क्रांतिकारी बदलाव आया है, उसे देखते हुए नई सोच वाले कुछ लोग जूते को लोकतंत्र का 'पाँचवाँ स्तंभ' बताने लगे हैं। यद्यपि एक समय यह कहकर कि जूते का स्थान पैरों में ही है, कुछ वर्गों को अपमानित किया जाता था; पर भारत ने वह दृश्य भी देखा है, जब चित्रकूट में भरत ने भैया

राम की खड़ाऊँ शीश पर धरी थी और उन्हें ही अयोध्या के राज सिंहासन पर प्रतिष्ठित कर चौदह वर्ष तक राजकाज चलाया था।

प्रभु करि कृपा पाँवरी दीन्ही, सादर भरत सीस धरि लीन्हीं।।

मेरी ही नहीं, आम भारतीय की इच्छा है यह असंसदीय चलन अब समाप्त हो और जूते को फिर से रामराज्य जैसी ही प्रतिष्ठा प्राप्त हो।

□

करोड़ रुपए का इतना अपमान

कुछ दिन पहले मैं एक पत्रिका से आया 500 रुपए का चैक जमा कराने बैंक गया था। वहाँ से लौटते हुए मुझे कोषागार के पास से कुछ सिसकियाँ सुनाई दीं। मैंने कान लगाए, तो लगा मानो वहाँ कोई परस्पर बातचीत कर रहा है।

मुझे संदेह हुआ। कोषागार इतना बड़ा नहीं था कि उसमें कोई बैठ सके। फिर उसकी दीवारें भी मजबूत लोहे की थीं; पर कुछ आवाजें तो आ ही रही थीं। ध्यान देने पर पता लगा कि कुछ नोट आपस में बात कर रहे हैं। वहाँ छोटे-बड़े सब प्रकार के नोट थे। वे ही आपस में सुख-दुःख बाँट रहे थे।

— वो भी क्या दिन थे, जब सौ-दो सौ रुपए की बड़ी प्रतिष्ठा थी। दो रुपए जुर्माना या पाँच रुपए इनाम तब कितना महत्त्वपूर्ण होता था।

— हाँ, तुम बिलकुल ठीक कह रहे हो। मैं बैंक से निकलकर पहली बार जिस छात्र के पास गया था, उसे दस रुपए महीना छात्रवृत्ति मिली थी। इससे पूरे मोहल्ले में उस छात्र का कद बढ़ गया था।

— मैंने कहीं पढ़ा था कि दिल्ली की एक अदालत ने जब किसी पर 30,000 रुपए जुर्माना किया, तो पूरे शहर में तहलका मच गया और उस कोर्ट का नाम ही तीस हजारी कोर्ट हो गया; पर आज तो 30 लाख या 30 करोड़ रुपए की भी कोई खास कीमत नजर नहीं आती।

— कैसे?

— मेरी बात पर विश्वास न हो, तो इन दिनों चुनाव में नामांकन करा रहे नेताओं की संपत्ति के आँकड़े देख लो। हर दूसरा प्रत्याशी करोड़पति है। केवल एक-दो नहीं, अधिकांश की संपत्ति दस-बीस करोड़ से ऊपर है।

हर नेता स्वयं को गरीबों का समर्थक और दूसरे को पूँजीपतियों का दलाल कहता है। वह दूसरों को शोषक और स्वयं को शोषित कहता है; पर अब सबकी कलई खुल रही है।

— और क्या, खुद को समाजवादी और साम्यवादी कहने वाले भले ही नई चप्पल को तोड़कर या नए कुर्ते को फाड़कर पहनते हों; पर उनके बैंक खातों में करोड़ों रुपए नकद और गहनों के रूप में मौजूद है। जिन्हें कुछ शर्म है, उन्होंने अपने बीवी-बच्चों के नाम यह संपत्ति रखी है; पर अधिकांश के यहाँ तो खुला खेल फरुखाबादी है। और यह तो घोषित संपत्ति है, अघोषित का तो कोई हिसाब ही नहीं है।

— पर सुना है कुछ दल स्वयं को बहुजन गरीबों का सबसे बड़ा हमदर्द बताते हैं?

— उनकी माया तो और भी निराली है। वहाँ तो टिकट ही करोड़ों में बिके हैं। जरा सोचो, जिसने दो-चार करोड़ रुपए पूजा में देकर टिकट खरीदा है, उस पर कितना पैसा होगा; वह चुनाव में कितना खर्च करेगा और चुनाव जीतने के बाद कितना कमाएगा?

— ऐसे नेताओं के पास गाड़ियाँ भी कितनी होंगी?

— यह भी एक मजाक ही है कि बड़े नेताओं के पास गाड़ी नहीं है। इन्हें घूमने के लिए शासन कई गाड़ियाँ देता है। दो-चार गाड़ियों में सुरक्षाकर्मी चलते हैं और दस-बीस गाड़ियों में समर्थक। फिर इन्हें अपनी गाड़ी की जरूरत ही क्या है?

— यानी हमारे पैसे से हमारी छाती पर ये मूँग दलते हैं?

— बिलकुल यही बात है। इनके लिए गरीब और गरीबी भाषण का विषय है। पंचतारा होटल में खाते और पीते समय गरीबों के विषय में सोचते हैं और फिर ए.सी. में सो जाते हैं।

— फिर ये निजी काम किस समय करते हैं, जिससे इनके पास करोड़ों रुपया आता है?

— यह बात मुझे आज तक समझ नहीं आई। यह तो चुनाव आयोग की कृपा है, जो उसने संपत्ति की घोषणा अनिवार्य कर दी, वरना यह भी पता नहीं लगता।

— यदि संपत्ति की घोषणा के साथ यह बताना भी अनिवार्य हो जाए कि यह संपत्ति कैसे और कहाँ से आई, तो कैसा रहेगा?

— हाँ, इससे कुछ तो खुलासा होगा; पर अब तो चुनाव आयोग ही पार्टी बन

गया है, तब यह करेगा कौन?

— फिर?

— फिर क्या, जैसे इस चुनाव में करोड़ रुपए की कोई कीमत नहीं रही, हो सकता है दो-चार चुनाव बाद अरब रुपए का यही हाल हो। इसलिए मेरी तो भगवान् से यही प्रार्थना है कि हम छोटे नोटों को अब इस संसार से उठा ही ले।

मुझे कोषागार के पास बैठे काफी देर हो गई थी। इससे बैंक का चौकीदार मुझे संदेह की नजर से देखने लगा। मुझे लगा कि अब यहाँ से चल देना चाहिए। यदि उसने मुझे थाने में बंद करा दिया, तो मेरे दो-चार सौ रुपए के चैकों को तो पुलिस वाले देखेंगे भी नहीं।

मैं घर तो आ गया; पर यह प्रश्न तो मेरे मन में गूँज रहा है कि गरीबों के प्रतिनिधि नेताओं के पास इतनी संपत्ति कहाँ से आई। क्या कोई नेता इस बारे में कुछ बताएगा?

□

राजनीति में मेरा भविष्य

मैं इन दिनों बहुत दुःखी हूँ। कहते हैं कि दुःख को चुपचाप पी लेना ही समझदारी है, क्योंकि दूसरे का दुःख सुनकर लोग सामने तो चुप रहते हैं; पर पीठ पीछे हँसते हैं। पर आप तो मेरे अपने हैं, आपको नहीं बताऊँगा, तो फिर किससे कहूँगा?

मैंने 30 साल पहले राजनीति शास्त्र में एम.ए. कर पढ़ाई छोड़ दी थी। तब से ही मैं बेरोजगार हूँ। पिछले चुनाव में एक नेताजी को वक्तव्य बनाने, भाषण लिखने, समाचार भेजने, छपी खबरों की फाइल बनाने आदि के लिए एक पढ़े-लिखे कलमची की जरूरत थी। किसी ने उन्हें मेरा नाम बता दिया, सो उन्होंने दो महीने के लिए मुझे काम पर रख लिया। उनके साथ ए.सी. कार में घूमते, जिंदाबाद-मुरदाबाद सुनते, फूल मालाएँ समेटते और सभाओं, प्रेस वार्त्ताओं में जाने से मुझे भी नेता बनने का चस्का लग गया। मुझे लगा, जब ये अँगूठाछाप नेता बन सकते हैं, तो फिर मेरे जैसा शिक्षित आदमी एम.पी. या एम.एल.ए. क्यों नहीं बन सकता? इसी चिंतन में डूबते-उतराते मेरी आँख लग गई।

आप जानते ही हैं, आदमी जिस सोच में दिन-रात डूबा हो, उसे सपने भी वैसे ही आते हैं। सो मेरे सपने में भोलेनाथ आ गए। उन्होंने मेरी उदासी का कारण पूछा। मैंने सच-सच बता दिया कि मैं भी चुनाव लड़कर कुछ बनना चाहता हूँ; पर उन्होंने जो कहा, उससे मेरी आशाओं पर तुषारापात हो गया। वार्त्ता के कुछ अंश आप भी सुनें।

— बच्चा, चुनाव लड़ना इतना आसान नहीं है। तुम्हारी जो योग्यता है, उससे तो तुम प्रत्याशी ही नहीं बन सकते।

— क्यों भोलेनाथ?

— सबसे पहली बात तुम किसी राजनेता के वंशज नहीं हो। ऐसा होने से राजनीति में पैर जमाने में बहुत सुविधा रहती है। इस बार संसद् में कई माँ-बेटे, पिता-पुत्र, पिता-पुत्री, चाची-ताई और भतीजे, ससुर-दामाद आदि पहुँचे हैं। पहुँचने वालों से कई गुना अधिक चुनाव में खेत रहे। किसी राजनीतिक खानदान का होने से टिकट मिलने में आसानी हो जाती है, इसके आगे फिर अपना भाग्य है।

— इसका अर्थ तो यह हुआ भोलेनाथ कि देश में लोकतंत्र के नाम पर राजतंत्र ही चल रहा है?

— बिलकुल, यह लोकतंत्र का गांधी-नेहरू संस्करण है। जैसे भेड़ की खाल में भेड़िये वाली कहावत है, वैसे ही लोकतंत्र के मुखौटे के पीछे राजतंत्र फल-फूल रहा है।

— पर मैं गरीब हूँ और गरीबों के लिए ही काम करना चाहता हूँ।

— यह भी तुम्हारी भूल है बेटा। जो अपनी गरीबी दूर नहीं कर सका, वह देश से गरीबी क्या खाक हटाएगा? इस बार संसद् में 100 से अधिक करोड़पति पहुँचे हैं। मंत्री तो अधिकांश ऐसे ही लोग बने हैं। इसलिए चुनाव लड़ना है, तो किसी भी तरह अपनी गरीबी दूर करो। वह पैसा काला हो सफेद, भारत में हो या स्विस बैंक में, चुनावी गंगा में जाकर सब पवित्र हो जाता है।

— पर बाबा, मुझे सामाजिक जीवन का पिछले 40 साल का अनुभव भी तो है।

— इसका भी कोई लाभ नहीं। अब तो यूथ ब्रिगेड का जमाना है। देखा नहीं, राहुल गांधी ने जितने नौजवान खड़े किए, अधिकांश संसद् में पहुँच गए। उनमें से कई तो मंत्री भी बन गए।

— और भारत के एक प्रतिष्ठित विश्वविद्यालय से प्राप्त डिग्री.. ?

— उसका भी अब कोई महत्त्व नहीं रहा। अब तो यहाँ विदेशी विश्वविद्यालयों की डिग्री ही अधिक चल रही है। राहुल ब्रिगेड के सब नेता लंदन पलट हैं। नेता लोग नाम तो गाँव और गरीब का लेते हैं; पर सबके बच्चे महँगे अंग्रेजी स्कूलों में पढ़ते हैं।

— पर मेरा पिछला सारा जीवन साफ है। कहीं कोई लड़ाई झगड़ा नहीं, कोई पुलिस केस भी नहीं है।

— यह होता तो अच्छा ही रहता। उत्तर भारत के कुछ दलों में तो दंगाइयों

और हत्यारों की अच्छी खपत है। यद्यपि इनमें से अधिकांश इस बार चुनाव हार गए, फिर भी गुंजाइश तो बनी ही है।

— लेकिन मेरी उच्च जाति?

— उसका भी अब कोई स्कोप नहीं रहा। मीरा कुमार को दलित और महिला होने के कारण कांग्रेस ने लोकसभा का अध्यक्ष बनाया, तो भाजपा को भी आदिवासी करिया मुंडा को सामने लाना पड़ा। जहाँ तक प्रादेशिक राजनीति की बात है, सब तरफ एस.सी. या ओ.बी.सी. का ही जोर है। अधिकांश मुख्यमंत्री इसी वर्ग के हैं।

— तो फिर बाबा, राजनीति में मेरा भविष्य क्या है?

— देखो बच्चा, साफ बात यह है कि भारत की भावी राजनीति में तुम्हारा कोई भविष्य नहीं है। न तुम किसी नेता के वंशज हो न अरबपति, न दलित हो न आदिवासी, न युवा हो न महिला, और अल्पसंख्यक यानी मुसलमान तो कहीं से भी नहीं हो। इसलिए नेता बनने की बजाय नेताओं के साथ लगे रहो, इसी में तुम्हारा भला है। जब नेता करोड़ों कमाएँगे, तो छलनी से छनकर कुछ लाख तुम्हारे हाथ भी आ ही जाएँगे। इसलिए कहीं हाथ मलो तो कहीं फैलाओ, कहीं हाथ जोड़ो तो कहीं झाड़ो, कहीं हाथ घुमाओ तो कहीं दिखाओ। यानी अपने हाथ जगन्नाथ की जय बोलो और दोनों हाथ से समेटो। केवल तुम्हारा ही नहीं, भारत की राजनीति का भी यही भविष्य है।

इतना कहकर भोलेनाथ तो अंतर्धान हो गए। अब मैं किसी ज्योतिषी की तलाश में हूँ, जो ठीक से मेरे दोनों हाथ देख सके।

□

सूर्यवंशी

मैं आपको पहले ही बता दूँ कि मैं सदा से निशाचर प्राणी रहा हूँ। देर रात तक पढ़ना-लिखना और फिर अति प्रातः आठ-नौ बजे उठ जाना। जब से होश सँभाला है, यही अपनी दिनचर्या रही है। आप चाहें तो मुझे आलसी कह सकते हैं; पर मैं खुद को सूर्यवंशी मानता हूँ। सूर्यवंशी अर्थात् वह वीर पुरुष, जो सूर्य देवता के सिर पर आ जाने के बाद ही उठता हो। मेरे अनेक मित्र हँसते हैं; पर मुझे क्या? मेरी गाड़ी तो आराम से चल ही रही है।

पर पिछले दिनों मैं बीमार पड़ गया। बीमार पड़ा, तो स्वाभाविक रूप से डॉक्टर के पास भी जाना ही था। आखिर वे गरीब भी तो हमारे जैसों के ही भरोसे तो अपना खोमचा लगाए बैठे हैं। यदि लोग बीमार न हों, तो उनके मासूम बच्चों का क्या होगा? उन्हें दिन में सिर्फ दो बार चाउमिन-बर्गर खाकर और कोल्ड ड्रिंक पीकर ही रहना पड़ेगा। उनकी बीवी को पुरानी खटारा मारुति कार में सफर करना पड़ेगा। आखिर उन्हें भी तो ए.सी. वाली नई क्वालिस, बोलेरो या सियलो गाड़ी चाहिए। इसलिए बीमार पड़ते ही मेरी पत्नी मुझे लेकर शहर के सबसे प्रसिद्ध डॉक्टर के पास जा पहुँची।

डॉक्टर ने मेरा कार्ड पढ़ा, तो अपने साथी को कहा—मोटा मुरगा फँसा है आज। बहुत बुद्धिजीवी बना फिरता था। सोचता था, किताबें पढ़ लेने से ही दुनिया मुट्ठी में आ जाती है। आज आया है ऊँट पहाड़ के नीचे। बच्चू को पाँच हजार से कम का चूना नहीं लगाऊँगा।

थोड़ी देर में मेरा बुलावा आ गया। मैंने इसे यमराज के बुलावे के समान ही समझा। कहा भी कहा गया है—

वैद्यराज नमस्तुभ्यम्, यमराज सहोदर
यमः हरति प्राणान्, वैद्यः प्राणान धनानि च।।

(यमराज के सगे भाई वैद्यराज आपको प्रणाम है। यमराज तो केवल प्राण ही लेते हैं; पर आप प्राण और धन दोनों ले लेते हैं।)

डॉक्टर ने मुझे ऊपर से नीचे तक ऐसे देखा जैसे कसाई बकरे को देखता है। मैं कभी उन्हें तो कभी उनके पास रखे यंत्रों को देखता रहा। अचानक उन्होंने मेरा हाथ अपने हाथ में लिया। आज तक किसी ने इस तरह मेरा हाथ न पकड़ा था। तीस साल पहले मैंने एक सुकन्या का हाथ थामा था, सो आज तक भुगत रहा हूँ। पर अब क्या हो सकता था, मैंने खुद को पूरी तरह डॉक्टर के हाथ में सौंप दिया। उन्होंने मेरी आँखों में अपनी आँखें डाल दीं।

मैंने जीवन में ऐसी आँखें कभी न देखी थीं। बचपन में साइकिल सीखते समय एक साँड़ से टकरा गया था, तब उसने हुँकार भर कर जैसे मुझे देखा था, अचानक मुझे वह दिन याद आ गया। फिर ध्यान आया कि जब मैं हाईस्कूल के समरांगण में लगातार तीसरी बार खेत रहा था, तब पिताजी ने कुछ-कुछ ऐसी ही आँखों से घूरा था; पर डॉक्टर साहब की आँखें उन जैसी भी नहीं थीं।

एक बार मैडम ने एक खास साड़ी मँगाई थी; पर उन दिनों मंदी के कारण रिश्वत के रेट डाउन थे। इसलिए मैं वह फरमाइश पूरी नहीं कर सका। तब उनकी आँखों ने जो ज्वालाएँ बरसाई थीं, आज डॉक्टर साहब की आँखों को देखकर वही दृश्य याद आ गया। पर अब उपमाओं को छोड़िए। आँखें-तो-आँखें ही ठहरीं, मैंने उनके तेज के सम्मुख पराजित होकर अपने डीपर बुझा दिए।

अब डॉक्टर साहब ने ऊपर से नीचे तक न जाने किस-किस चीज का निरीक्षण किया। उन्होंने कौन-कौन से अस्त्र उठाए और मैंने कौन-कौन से वस्त्र, यह बताना जनहित में नहीं है। बस इतना ही समझ लें कि पंद्रह मिनट तक उनके यंत्रों और मेरे नश्वर शरीर के बीच संघर्ष होता रहा। बीच-बीच में वे मुझसे और मेरी पत्नी से कुछ पूछते भी जाते थे।

थोड़ी देर बाद उन्होंने मुझे बाहर भेज दिया और मेरी पत्नी को वहीं रोक लिया। मैं शंका से भर उठा; रोग मेरा और समाधान उन्हें; प्रश्न मुझसे और उत्तर उन्हें। पर मरता क्या न करता; जब ओखली में सिर दिया, तो मूसलों से क्या डरना? दस मिनट बाद श्रीमतीजी बाहर आईं, तो उनके हाथ में थूक और पसीने से लेकर मल-मूत्र जैसी कई तरह की जाँच के कागज थे, जिन्हें किसी खास लैब में ही कराने का निर्देश था। स्पष्ट हो गया कि अब कई हजार रुपए ढीले करने ही होंगे। पाँच

सौ रुपए तो डॉक्टर महोदय ने ही झटक लिए।

तब से कई तरह की जाँच मैं करा चुका हूँ; पर कहीं कुछ नहीं निकला। मैंने मैडम को कहा भी कि मुझे कोई खास रोग नहीं है; जो कुछ है, वह बढ़ती आयु, तुम्हारी मेहरबानी और घरेलू जिम्मेवारियों का तकाजा है। इस पर वे नाराज हो गईं, "चुप रहो, डॉक्टर साहब तुमसे अधिक जानते हैं।" मैं क्या कहता, मजबूरन चोंच बंद कर ली।

हाँ, डॉक्टर साहब ने एक सलाह और दी कि यदि भला चाहते हो, तो सुबह जल्दी उठकर एक घंटा टहलना शुरू करो। वरना…। बस साहब क्या बताऊँ, अब मन मारकर सुबह घूमने जाना पड़ता है। यदि न जाऊँ, तो मैडम समर्थन वापसी की धमकी देने लगती हैं।

तो प्यारे पाठको, अब मैं निशाचर बिरादरी से बाहर आ गया हूँ। मेरे मित्र मुझे अब भी सूर्यवंशी कहकर चिढ़ाते हैं; पर मैंने उसकी नई परिभाषा गढ़ ली है, जिसके अनुसार सूर्यवंशी का अर्थ है, वह वीर पुरुष, जिसे देखकर ही सूर्य निकलता है।

आपको यह परिभाषा कैसी लगी, कृपया बताइएगा।

□

कहानी नई पुरानी

बचपन में एक कहानी पढ़ी थी, आज उसे सबको सुनाने की इच्छा हो रही है। प्राचीन काल में एक राजा राज करता था। शुरू में तो उसने कई अच्छे काम किए; पर धीरे-धीरे उसके आसपास चाटुकार दरबारियों को गुट खड़ा हो गया, जो उसे उलटी-सीधी सलाह देने लगे। परिणाम यह हुआ कि राजा और उसके कारिंदे जनता को लूटने-खसोटने लगे। लोग त्राहि-त्राहि करते राजा के पास जाते; पर वहाँ से क्या न्याय मिलता। चूँकि उसके आदेश से ही तो यह सब हो रहा था। लूट का अधिकांश हिस्सा उसके निजी कोष में ही जाता था। जनता असंगठित थी, इसलिए अत्याचार बढ़ते ही जाते थे। सुनते हैं उस राजा पर दिल्ली के सम्राट् की भी कुछ कृपा थी।

बहुत दिन ऐसे ही बीत गए। एक बार एक घुमक्कड़ संत ने वहाँ आकर शमशान में अपना डेरा लगाया। कुछ दिन में ही उनकी ख्याति सब ओर फैल गई। राजा ने सुना, तो उन्हें दरबार में बुलाना चाहा; पर वे संत कहीं जाते नहीं थे। मजबूरी में राजा को ही वहाँ जाना पड़ा। राजा ने संत के चरणों में भेंट चढ़ाकर कहा कि ऐसा कुछ उपाय बताएँ, जिससे मेरा राज सदा के लिए निष्कंटक और स्थाई हो जाए। संत ने कहा, ''यह कौन सा कठिन काम है। तुम अपनी एक विशाल मूर्ति राजधानी में और कई मूर्तियाँ राज्य भर में लगवाओ। राजधानी वाली मूर्ति इतनी विशाल हो कि कोई देवालय, विद्यालय, चिकित्सालय आदि उससे भव्य न हो। बस जिस दिन उसकी स्थापना होगी, उस दिन से तुम्हारी कीर्ति पताका सर्वत्र फहराने लगेगी।''

राजा ने शंका प्रकट की, ''अपने जीते जी अपनी मूर्तियाँ लगवाना कुछ ठीक नहीं लगता।'' संत हँस कर बोले, ''तुम्हारे बाद कोई तुम्हारी मूर्ति लगवाएगा,

इसकी क्या गारंटी है? इसलिए अभी जितना हो जाए, उतना ही अच्छा है।

राजा ने चलने की अनुमति माँगी। संत ने कहा, ''मूर्तियों के निर्माण में यह ध्यान रखना होगा कि उनका गारा साधारण पानी के बदले आँसुओं से तैयार होना चाहिए। महिलाओं और बच्चों के आँसू हों, तो और भी अच्छा रहेगा। ऐसे ही मूर्तियाँ जिन चबूतरों पर खड़ी हों, उनकी ईंटें कोयले के बदले बालों की आँच पर पकनी चाहिए। ये बाल बुजुर्गों के होने से राज्य की नींव कोई हिला नहीं सकेगा।''

इन मूर्तियों को कब स्थापित करना ठीक होगा, राजा ने पूछा। संत ने कहा, ''तुम्हारे जन्मदिन से अच्छा दिन भला कौन सा होगा? हर जन्मदिन पर दस-बीस मूर्तियाँ लगवा दिया करो। राजधानी वाली जितनी जल्दी लग सके, उतना अच्छा है।''

राजा ने सुना और वापस आ गया। अगले दिन से कार्यवाही शुरू हो गई। पूरे राज्य में ढिंढोरा पिट गया। राजा के कारिंदे महिलाओं और बच्चों को कोड़े मारकर उनके आँसू जमा करने लगे। इनसानों के अलावा पशुओं के भी आँसू एकत्र होने लगे। गीदड़ों ने शहर में आना छोड़ दिया, कुत्ते दुम दबाकर जंगल में भाग गए। कामचोर कर्मचारी मगरमच्छ के आँसू बटोरने के नाम पर नदी और तालाबों के किनारे जा बैठे। पर एक समस्या थी, कर्मचारी जितने आँसू बटोरते, अधिकांश अगले दिन तक भाप बनकर उड़ जाते। दूसरी ओर कारिंदों का एक समूह वृद्धों को पकड़-पकड़कर उनके सिर और दाढ़ी के बाल मूँड़ने लगा, लोगों की चुटिया तक नहीं छोड़ी। साधुओं, फकीरों और मुल्लाओं तक को नहीं बख्शा गया।

बालों की इतनी भारी माँग देख कालाबाजारियों की बन आई। बाजार में बाल की दुकानें खुल गईं। लोग पड़ोसी राज्यों से लाकर बाल बेचने लगे। बच्चों के बाल, बड़ों के बाल; मर्द के बाल, औरत के बाल; ऊपर के बाल, नीचे के बाल; जीवित के बाल, मृतक के बाल। गधे और घोड़े के बाल, कुत्ते और बिल्ली के बाल; बकरे, बकरी और सुअर के बाल। जिधर देखो उधर बाल-ही-बाल। कुछ लोगों ने दावा किया कि वे जंगल से शेर के बाल तक ले आए हैं। असली के साथ नकली बाल का भी कारोबार चल निकला। बाल-तो-बाल, बाल की खाल तक बिकने लगी।

जनता कहे तो किससे, राजा तो यह सब करा ही रहा था। जैसे-जैसे समय बीता, जनता के साथ कर्मचारी भी दुःखी होने लगे। उनके घरों की महिलाएँ, बच्चे, वृद्ध, गाय, भैंस और बैल भी पिट रहे थे। सब ओर से उन्हें गालियाँ मिलने लगीं। एक दिन तो हद हो गई। राजा ने सब कर्मचारियों, दरबारियों, सेनानायकों और राजपरिवार के सदस्यों को भी बाल कटवाने का फरमान जारी कर दिया। अगले दिन दरबार लगा, तो बाल वाला केवल राजा ही शेष था, बाकी सब के मैदान साफ।

अब तो कर्मचारियों के लिए जीना मुश्किल हो गया। उन्होंने काम में ढिलाई दिखाई, तो गुंडे, मवाली और माफियाओं को ठेके पर यह काम दे दिया गया। जनता त्रस्त, पर राजा था कि मस्त। नागरिकों की आहों और कराहों का उस पर कोई असर नहीं। वह अपने अगले जन्मदिन पर कम-से-कम 50 मूर्तियाँ तो लगवाना चाहता ही था। लोग राज्य छोड़-छोड़कर भागने लगे। विवाह योग्य लड़के-लड़कियों के लिए रिश्ते आने बंद हो गए।

राज्य का दृश्य बड़ा अजीब सा हो गया। चारों तरफ गंजे-ही-गंजे। पुरुष गंजे, स्त्रियाँ गंजी, बच्चे गंजे, बूढ़े गंजे। युवक-युवतियाँ तक गंजी। बाजार में दुकानदार से लेकर ग्राहक तक गंजे। विद्यालय में प्राचार्य से लेकर अध्यापक और छात्र-छात्राएँ सब सफाचट। जहाँ चार-छह लोग जमा हों, लगता था मानो किसी शोक सभा से आ रहे हैं। एक युवक ने सगाई के बावजूद गंजी लड़की से शादी करने को मना कर दिया; पर अगले दिन जब उसके सिर पर भी उस्तरा फिर गया, तो वह खुशी-खुशी विवाह को राजी हो गया।

आखिरकार राजा की मूर्खता रंग लाई और जैसे-तैसे दो मूर्तियाँ तैयार हो गईं। एक राजा की थी, तो दूसरी उसे गद्दी पर बैठाने वाले की; पर उधर जनता का धैर्य जवाब दे गया और उसने विद्रोह कर दिया। लोगों ने राजा को महल से खींचकर फाँसी पर लटका दिया। उन दोनों मूर्तियों को जूतों से पीटा और उन्हें तोड़कर मिट्टी में मिला दिया। इस प्रकार उस अत्याचारी राजा का अंत हुआ।

कुछ लोग कहते हैं कि यह घटना उत्तर प्रदेश की राजधानी लखनऊ की है। कुछ का कहना है कि वह राजा नहीं रानी थी और उसकी आत्मा अब भी लखनऊ में भटक कर मूर्तियाँ बनवा रही है। सच क्या है, मुझे नहीं पता। कहानी मेरे मन में आई, तो मैंने सुना दी। कहानी खतम, पैसा हजम। आज की छुट्टी, कल को आना। जयहिंद

□

यह वास्तविक प्रगति है

आप कुछ भी कहें साहब, कुछ लोगों को हर काम में खोट नजर आता है, तो कुछ वहाँ भी अच्छाई ढूँढ़ लेते हैं। दुर्योधन और युधिष्ठिर भले ही महाभारत काल में हुए हों; पर उनकी आत्मा के अंश 'एक ढूँढ़ो हजार मिलते हैं' की तर्ज पर हर गली में मिल जाते हैं।

पिछले दिनों एक समाचार पढ़ कर मेरा मन बल्लियों उछलने लगा। मैंने कभी सोचा भी नहीं था कि निर्जीव सेंसेक्स के आँकड़ों से हटकर देश की प्रगति का यह पैमाना भी हो सकता है। गांधीजी कहते थे कि देश की प्रगति जाँचनी है, तो सबसे निचले पायदान पर खड़े व्यक्ति को देखो। यदि उसने उन्नति की है, तो समझो देश भी उन्नति कर रहा है। उनकी निगाह में दिन भर खेत में खटने वाला किसान था; पर मैं उससे भी आगे की बात सोच रहा हूँ।

मेरे विचार से देश का अंतिम आदमी किसान या मजदूर नहीं, भिखारी है। भिखारी ही वह जीव है, जो उस गरीब किसान या मजदूर से भी भीख ले लेता है। इन्होंने कितनी उन्नति की है, यह जानकर आप भी हैरान रह जाएँगे।

कर्नाटक राज्य में कपड़ा निर्माण के लिए प्रसिद्ध इरोड़ नामक एक नगर है। कुछ दिन पूर्व वहाँ आसपास के कई जिलों के भिखारी जमा हुए। मेरा एक घनिष्ठ मित्र भी वहाँ था। न, न; आप किसी भ्रम में न पड़ें। मेरा मित्र भिखारी नहीं है। वह उस सभा वाले मैदान में उपस्थित था। उसने जो वर्णन किया, उसे सुनकर मेरा दिल गार्डन–गार्डन हो गया। जब देश के भिखारी इतनी उन्नति कर रहे हैं, तो अब भारत को विश्व की महाशक्ति बनने से कोई रोक नहीं सकता।

एक सुसज्जित पंडाल में हो रही उस सभा में सबसे पहले भिखारियों ने एक

सुपर भिखारी को सभाध्यक्ष चुना। उसके कपड़े भले ही भिखारियों जैसे थे; पर वह बड़ी ए.सी. कार से आया था और तीन मोबाइल उसके पास थे। पता लगा कि वह पूरे राज्य में भिखारियों को जगह बेचता है। जहाँ जितनी अधिक भीख मिलती है, वहाँ का किराया उतना ही अधिक होता है। उसके फैले हुए काम को कई क्लर्क 'ऑनलाइन' रहकर संचालित करते थे। यों तो कई भिखारी कारों से आए थे; पर उसकी शोभा सबसे निराली थी।

अध्यक्षजी की अनुमति से सभा की कार्यवाही प्रारंभ हुई। अधिकांश कार्यवाही कन्नड़ में ही हो रही थी; पर बीच-बीच में कुछ भिखारी अपना प्रभाव दिखाने को अंग्रेजी भी बोलने लगते थे। उन्होंने अपनी समस्याएँ रखनी शुरू कीं।

— अध्यक्षजी, ए.सी. कारों की संख्या बढ़ने से हमें बहुत दिक्कत हो गई है। पहले लोग लाल बत्ती पर रुकते थे, तो शीशे खुले होने से हमें भीख मिल जाती थी; पर अब शीशे चढ़ाकर वे आराम से बैठे रहते हैं। हम गाली दें या आशीर्वाद, उन्हें सुनाई ही नहीं देता।

— महोदय, जब से 'हम दो, हमारे दो' की नीति चली है, तब से हमें कच्चा माल मिलना मुश्किल हो गया है। पहले लोगों के सात-आठ बच्चे होते थे, जो गलियों में खेलते रहते थे। हम एक-आध को पार कर लेते थे, तो लोग महीना भर रो धोकर और इसे भगवान् की मर्जी मानकर चुप हो जाते थे। हम भी पुलिस को उसका हक देकर आराम से रहते थे; पर अब किसी बच्चे को उठाएँ, तो जनता और नेता पुलिस का और पुलिस हमारा जीना हराम कर देती है। यदि ऐसे ही चला, तो हमारा पुश्तैनी कारोबार तो बंद ही हो जाएगा।

— अध्यक्षजी, हम चाहे जितना चिल्लाएँ; पर हमारी आवाज किसी के कानों तक नहीं पहुँचती। क्योंकि हमारा कोई प्रतिनिधि किसी विधानसभा या लोकसभा में नहीं है। यद्यपि एक समय हमारे मंत्री से लेकर प्रधानमंत्री तक दुनिया भर में कटोरा लिए घूमते थे, इससे हमें बहुत गर्व होता था कि हमारे सच्चे प्रतिनिधि जब वहाँ हैं, तो फिर हमें चिंता की क्या जरूरत है? पर अब नेताओं ने भीख माँगना बंद कर दिया, इसलिए हमें अपना प्रतिनिधि हर जगह भेजना चाहिए।

— मान्यवर, महँगाई बहुत अधिक हो गई है। एक कप चाय भी पाँच रुपए की आती है। ऐसे में रोटी और दारू का खर्च कैसे चले। बच्चों की फीस में हर महीने चार-पाँच हजार रुपए खर्च हो जाते हैं। उनके मोबाइल और

मोटरसाइकिल का खर्च अलग से। स्टैंडर्ड बनाए रखने के लिए यह सब करना ही पड़ता है; पर लोग आज भी पुराने चलन की चवन्नी-अठन्नी फेंक कर चल देते हैं। मेरे पास छह भिक्षा केंद्र हैं, कभी शनि की मूर्ति लगाता हूँ, तो कभी बुध की। फिर भी दिन भर में हजार रुपए से अधिक नहीं आते।

इसके बाद लोग छोटी-छोटी समस्याएँ उठाने लगे। किसी की बीवी दूसरे ने कब्जा ली थी, तो किसी की जगह। एक ने अपनी कीमती जगह अपने दामाद को दहेज में दी थी। दामाद ने एक साल बाद बीवी को तो छोड़ दिया; पर जगह नहीं छोड़ी। बात बढ़ती देख सभा के संचालक ने कहा कि इस तरह की समस्याएँ दूसरे सत्र में उठाई जाएँगी। फिलहाल हमें कम-से-कम एक प्रस्ताव अवश्य पारित कर लेना चाहिए।

सबसे अंतिम महँगाई वाली बात से सब सहमत थे। अतः सर्वसम्मति से यह प्रस्ताव पारित हुआ कि अब हम एक रुपए से कम भीख नहीं लेंगे। सभी प्रमुख अखबारों में विज्ञापन देकर यह सूचना प्रकाशित करने का भी निर्णय हुआ। इसके बाद 'लंच ब्रेक' हो गया।

अगले सत्र में मेरा मित्र उपस्थित नहीं था; पर पहले सत्र ने स्पष्ट कर दिया कि जब भिखारी इतनी आगे की बात सोच रहे हैं, तो देश की प्रगति में अब संदेह करने की आवश्यकता नहीं है।

□

यहाँ भी आरक्षण

किसी ने ठीक ही कहा है कि बीमारी, आग और शत्रु को शुरू में ही नियंत्रित कर लेना चाहिए। अन्यथा फिर वह बेकाबू होती जाती है। आरक्षण सही है या गलत, इस पर सबकी अलग-अलग राय हो सकती है, मैं उस बहस में नहीं पड़ता; पर आरक्षण कहाँ तक पहुँच गया है, यह देखकर आश्चर्य जरूर होता है।

ताजा मामला उत्तर प्रदेश की मुख्यमंत्री मायावतीजी के गाँव बादलपुर का है। यह गाँव नोएडा में पड़ता है। नोएडा वैसे ही खास इलाका है, फिर मुख्यमंत्री का गाँव होने से बादलपुर की अलग ही प्रतिष्ठा है; पर पिछले दिनों वहाँ एक अजब समस्या आ खड़ी हुई।

हुआ यह कि बादलपुर में मुख्यमंत्री के विशेष कोष से लगभग 50 लाख रुपए के शमशान स्थल बनाए गए। मरने के बाद तो सब जाति-बिरादरी वाले एक ही शमशान में चिता पर चढ़ते हैं; पर जातिविहीन समतामूलक समाज की स्थापना का नारा लगाने वाली मायावतीजी ने गाँव में दो शमशान बनवाए। एक सवर्णों के लिए, तो दूसरा दलितों के लिए। दलितों वाले शमशान पर स्वाभाविक रूप से अधिक धन खर्च किया गया।

समस्या तब आई, जब उस गाँव में बाहर से आकर मजदूरी कर रहे एक मजदूर की अचानक मृत्यु हो गई। उसके साथियों ने मृत देह को सुदूर बिहार के उसके गाँव में ले जाने की अपेक्षा वहीं दाह संस्कार करना उचित समझा; पर अर्थी लेकर जब वे शमशान स्थल पर पहुँचे, तो वहाँ का रखवाला अड़ गया। उसका तर्क था कि यह शमशान स्थल हमारे गाँव वालों के लिए आरक्षित है। यहाँ बाहर वालों की अंत्येष्टि नहीं हो सकती। इसलिए मैं लकड़ी नहीं दूँगा।

बात-की-बात में बात छोटे अधिकारियों से होती हुई जिला अधिकारी तक जा पहुँची; पर इस बारे में कोई निर्णय लेकर जान आफत में फँसाना नहीं चाहता था। आखिर मुख्यमंत्री का गाँव जो ठहरा। यदि उनकी इच्छा के विरुद्ध निर्णय हो गया, तो बड़े-से-बड़े अधिकारी को पैदल होते कितनी देर लगनी थी। इसलिए सब टाल रहे थे।

इधर वह मुर्दा फूँकने की प्रतीक्षा में दुर्गंध देने लगा। उसके साथी भी सिर मुँड़ाए भूखे-प्यासे धरना दिए बैठे थे; पर शमशान का रखवाला था कि अपनी पर अड़ा था।

अंततः गाँव के प्रधान ने बीच का रास्ता निकाला। वे मुख्यमंत्री की बिरादरी के तो थे ही, उनके दूर के रिश्तेदार भी थे। उन्होंने मजदूरों का यह तर्क मान लिया कि मजदूर भले ही बाहर का था; पर मरा तो इसी गाँव में है। इसलिए उसे इस शमशान स्थल में चिता पर चढ़ने का पूरा हक है। फिर वह आरक्षित वर्ग का भी था।

अब प्रधानजी की बात कौन टालता। जिले के अधिकारियों ने भी चैन की साँस ली। बड़े सम्मान के साथ शासकीय प्रबंधों और सुरक्षा के बीच उसकी अंत्येष्टि हुई। जीते जी जिसने देसी घी नहीं खाया था, उसकी चिता पर जिला अधिकारी ने अपने खर्च से पाँच किलो शुद्ध घी डलवाया। शमशान स्थल के बाहर लाल और नीली बत्तियोंवाली गाड़ियों की लाइन लगी थी। मजदूर की पत्नी को 50,000 रुपए नकद सरकारी सहायता भी दे दी गई। लोग उस मृतक मजदूर और उसकी जीवित पत्नी के भाग्य पर ईर्ष्या करने लगे। आखिर तीस लाख की लागत वाले शमशान में चिता पर चढ़ना हँसी-खेल थोड़े ही है। जिस समस्या को जिला अधिकारी तक सुलझाने में असमर्थ थे, उसे गाँव के प्रधान ने हल कर दिया। इसीलिए कहा भी है—

जहाँ काम आवे सुई, वहाँ का करे तलवार।

पर एक बात अभी शेष है। आरक्षण जीवित लोगों को तो प्रभावित करता ही है; पर वह मृतकों तक पहुँच जाएगा, इसका अनुमान मुझे नहीं था; पर प्रत्यक्ष को प्रमाण क्या? जो बात हुई, वह सामने ही है। सोचिए, यदि यह बीमारी नीचे की तरह ऊपर भी पहुँच गई, तो क्या होगा? मान लीजिए, दो लोग एक ही अस्पताल में साथ-साथ आई.सी.यू. में भरती हैं। वेंटीलेटर और अन्य मशीनों के बल पर उनकी साँसे चल रही हैं। एक 40 साल का है, तो दूसरा 80 का। डॉक्टर दोनों के जीवन से निराश हो चुके हैं; पर तभी यमराज के दूत संदेश लाए कि वहाँ फिलहाल एक ही सीट खाली है, इसलिए आरक्षित वर्गवाले को पहले ले जाएँगे। तब तक दूसरा ऐसे ही पड़ा रहे।

अब दूसरे 80 वर्षीय बुजुर्ग को तो होश नहीं है; पर उनके घर वाले दुःखी हैं। काश, बाबाजी भी आरक्षित वर्ग के होते, तो वहाँ जाने का टिकट तो समय से मिल जाता। अब ये खिसकें, तो हम भी अपने धंधे से लगें; पर अब क्या हो सकता है।

जीना यहाँ, मरना यहाँ, इसके सिवा जाना कहाँ?

□

हनुमानजी के आँसू

मैं बचपन से ही हनुमानजी का भक्त हूँ। मेरे घर के पास एक प्रसिद्ध हनुमान मंदिर है। परीक्षा के दिनों में बहुत से विद्यार्थी वहाँ जाते हैं। शुरू में मैं भी ऐसे ही गया था; पर फिर संकटमोचन बाबा के आकर्षण ने मुझे ऐसा बाँधा कि मैं हर मंगलवार को व्रत रखने लगा और रात को उन्हें प्रसाद चढ़ाकर ही भोजन करता था। न जाने कब मुझे हनुमान चालीसा याद हो गई। उसका भी हर दिन पाठ करने लगा। इस प्रकार मेरी भक्ति बढ़ने लगी। मेरे मित्र और घर वाले मजाक में मुझे भगतजी कहने लगे। मुझे यह कहने में कोई संकोच नहीं है कि हनुमानजी की कृपा से मेरे कई संकट दूर हुए।

पर पिछले दिनों एक महान् आश्चर्य हुआ। मैं गहरी नींद में सो रहा था कि अचानक स्वप्न में मेरे सामने साक्षात पवनसुत प्रकट हो गए। लाल लंगोट और गदाधारी हनुमानजी को देखकर मैं तो अभिभूत हो उठा। मेरे जैसे सामान्य भक्त पर हनुमानजी की इतनी कृपा। मेरा रोम-रोम पुलकित हो उठा। मैंने दंडवत कर उनके पाँव पकड़ लिए। लेकिन…।

लेकिन उनके चरण स्पर्श करते ही मुझे कुछ गीलेपन का अनुभव हुआ। मैंने अचकचा कर ऊपर देखा, तो हनुमानजी की आँखें नम थीं। उन आँसुओं की कुछ बूँदों से ही उनके चरण गीले हो गए थे। मेरा मन दुःख से भर उठा। संकटमोचन बाबा तो सबके दुःख हरते हैं; पर आज वे स्वयं रो रहे हैं। जरूर कोई ऐसी बात है, जिससे इनके मन को ठेस पहुँची है। मैंने हिम्मत कर बाबा से पूछ ही लिया—बाबा, यों तो मैं आपका छोटा सा भक्त हूँ; पर यदि आपके कष्ट को कुछ कम कर सकूँ, तो मुझे बहुत प्रसन्नता होगी। वैसे बुजर्गों ने यह भी कहा है कि दूसरों को

सुनाने से ही कष्ट कुछ कम हो जाता है, यदि आप उचित समझें, तो···।

— तुम्हें सुनाने ही तो आया हूँ, बेटा।

— जी। मुझे कुछ गर्व का अनुभव हुआ कि बाबा ने अपने करोड़ों भक्तों में से मुझे ही इस योग्य समझा।

— देखो बच्चा, आजकल मैं बहुत कष्ट में हूँ। कठिनाई यह भी है कि मैं अपना कष्ट किसी को बता भी नहीं सकता। तुम मेरे भक्त के साथ एक लेखक भी हो। अपनी कलम के माध्यम से मेरी बात तुम लाखों लोगों तक पहुँचा सकते हो।

— बाबा यह सब आपके आशीष का ही फल है। मैं कुछ दबे स्वर में, पर अभिमान से बोला।

— बेटा, महँगाई का हाल तुम जानते ही हो। पहले लोग सवा रुपए का प्रसाद चढ़ाते थे; पर उतने में ही आधा किलो लड्डू आ जाते थे। अब लोग पाँच या ग्यारह रुपए का प्रसाद तो चढ़ाते हैं; पर उसमें पाव भर माल भी नहीं आता। परीक्षा काल में विद्यार्थियों के अधिक आने से या किसी पर्व-त्योहार पर तो मेरा पेट भरता है; पर बाकी दिनों में तो मैं प्रायः भूखा ही रह जाता हूँ। वैसे भी हर दिन तो मुझे भोजन मिलता नहीं। मंगलवार के भोजन से ही मुझे पूरे सप्ताह संतोष करना पड़ता है।

मैं आश्चर्यचकित हो गया। इस कड़वे सच का मुझे आज ही पता लगा।

— और सुनो बेटा। अभी पिछले दिनों सूर्यग्रहण लगा था। ग्रहण तो बुधवार को लगा; पर सूतक के चक्कर में मंगलवार शाम से ही पुजारियों ने मंदिर बंद कर दिया। लोग मुझे संकटमोचन मानते हैं; पर उन्होंने मुझे ही संकट में डाल दिया। हर बार की तरह सैकड़ों भक्त उस दिन भी प्रसाद लेकर आए; पर मंदिर के द्वार बंद देखकर लौट गए। उन्हें तो निराशा हुई ही; पर मेरा तो सप्ताह में एक बार होने वाला मुख्य भोजन ही मारा गया। बाबा पेट पर हाथ रखकर फिर सिसकने लगे।

— बाबा, आप चिंता न करें। मैं इस बात को अपने लेखन के माध्यम से जरूर उठाऊँगा। सूतक का संकट सामान्य लोगों के लिए है। भला देवी-देवता और अवतारों पर इनका क्या प्रभाव पड़ सकता है ? यह ठीक नहीं हुआ।

— पर तुम्हारे लेख से मेरा पेट तो नहीं भरेगा।

— उसके लिए भी मैं कुछ करता हूँ। मैं सुबह होते ही 11 किलो लड्डू और 11 दर्जन केले लेकर आता हूँ। मेरी सामर्थ्य इतनी ही है। इससे पेट भले

ही न भरे; पर कुछ सहारा तो लगेगा ही।

पवनपुत्र इससे कुछ प्रसन्न हुए। मैं उनके चरण छूने को आगे बढ़ा; पर तब तक तो वे अंतर्धान हो गए थे।

इस स्वप्न से मुझे खुशी भी हुई और दुःख भी। जहाँ एक ओर बाबा ने मुझे दर्शन दिए, इसकी प्रसन्नता है, वहाँ उनके कष्ट से मुझे दुःख भी हुआ। बस, मैं तो इतना ही चाहता हूँ कि अब तक जो हुआ-सो-हुआ; पर भविष्य में संकटमोचन बाबा को जबरन उपवास न कराया जाए।

□

संतुलन ही जीवन है

कहते हैं कि जीवन में हर कदम पर संतुलन बनाकर चलना पड़ता है। आजकल प्रकृति का संतुलन बिगड़ने से राजस्थान बाढ़ और पहाड़ सूखे से जूझ रहे हैं। ऐसे ही हर देश और उसके नागरिकों को भी संतुलन बनाना पड़ता है। इसका उदाहरण श्रीलंका है, जहाँ रावण और सीता दोनों पूजे जाते हैं।

श्रीलंका वाले रावण को महातपस्वी, विद्वान और योद्धा मानकर पूजते हैं। उसके द्वारा रचित शिवस्तोत्र लोग बड़ी श्रद्धा से गाते हैं। मनुष्य चाँद पर 1969 में पहुँचा; पर यदि रावण आज के काम को कल पर न टालता, तो स्वर्ग तक सीढ़ी तभी बन जाती। उसकी योजना समुद्री पानी को मीठा बनाने की भी थी, जिसका आज तक वैज्ञानिक सस्ता उपाय नहीं ढूँढ़ पाए हैं; पर इसके साथ ही वहाँ विवाह के समय लड़कियाँ सीता माँ की प्रतिज्ञा भी लेती हैं। पतिव्रता के रूप में वहाँ सीता ही आदर्श हैं। इसलिए एक ओर रावण की पूजा तो दूसरी ओर सीता की प्रतिज्ञा, इसी का नाम है संतुलन।

वर्तमान वैश्विक परिदृश्य में सब देशों को संतुलन बनाकर चलना पड़ता है। अपने देश को ही देखें; चीन से हमारा भूमि विवाद 1962 से ही चल रहा है। साल में कई बार वार्त्ता होती है, जिनका उद्देश्य केवल वार्त्ता करना है, निर्णय करना नहीं। इसके बावजूद चीन से व्यापार जारी है, वह अपने बेकार उत्पादों से हमारे बाजार पाट रहा है। राजनयिक संबंध कायम हैं, पर्यटक आ-जा रहे हैं। जी-8 की बैठक हो या जी 16 की, चीन के नेता सदा हमारे नेताओं से हाथ मिलाते नजर आते हैं। इसे ही संतुलन कहते हैं।

पाकिस्तान से भी हमारा जन्मजात विवाद है। उसने हमारे दो तिहाई कश्मीर को कब्जा रखा है और बाकी के लिए षड्यंत्ररत है। चार बार वह मुँह की खा चुका

है। पंजाब को तोड़ने का असफल प्रयास भी वह कर चुका है। घुसपैठियों से लेकर नकली नोट और अवैध हथियार भारत में वही भेजता है, फिर भी हमारे नेता मैत्री बस लेकर वहाँ जाते हैं, रेल चलाते हैं, गले मिलकर फोटो खिंचाते हैं। यह संतुलन नहीं तो और क्या है?

पाकिस्तान जैसा संतुलन क्या कोई सरकस का नट दिखाएगा। उसने अमरीका को साध रखा है, तो उसके शत्रु चीन को भी। उसकी अफगानिस्तान से दोस्ती है, तो ईरान और इराक से भी। भारत तो उसका सगा बड़ा भाई ठहरा। इन सबसे एक साथ बनाए रखना तलवार की धार पर चलना है। फिर उसे तालिबानों, मुल्लाओं और फौजी जनरलों से भी बनाकर चलना है। यह काम आसान नहीं है; पर वह पिछले 62 साल से इसे बखूबी कर रहा है।

राजनीति में वही सफल है, जो सब ओर संतुलन बनाकर रख सके। अटलजी और फिर मनमोहन सिंह ने पाँच साल कैसे काटे हैं, उन गरीबों के दिल से ही पूछिये। मनमोहनजी को तो दूसरी बार बाईपास सर्जरी करानी पड़ गई। हर राजनेता के सामने यह संकट रहता ही है। उसे अपने मतदाताओं के साथ ही अपने बड़े नेताओं की भी खरी-खोटी सुननी पड़ती है। यदि मंत्री बन गए, तो फिर अफसरों और मुख्यमंत्री या प्रधानमंत्री से भी तालमेल बनाना पड़ता है, वरना अर्श से फर्श पर आने में कुछ देर नहीं लगती।

और संपादक की दुर्गति तो पूछिए ही मत। नौकरी के नौ काम, दसवाँ काम हाँ जी। इस हाँ जी-हाँ जी में उस बेचारे के काले बाल सफेद होकर झड़ जाते हैं। अपने मालिक, प्रकाशक और मुद्रक की बात सुने, तो अपने स्टाफ को भी खुश रखे। गलती चाहे किसी की हो, गाज बेचारे संपादक पर ही गिरती है। इन सबके बीच भी अपने पत्र को समय पर निकालना संतुलन ही तो है?

सास-बहू के झगड़े किस घर में नहीं होते। इसमें पिसता है बेचारा पुरुष। दफ्तर या दुकान से थक कर लौटे, तो पहले माँ की सुने और फिर मैडम की। धन्य हैं वे महापुरुष, जो इनके बीच संतुलन बनाकर जिंदगी की गाड़ी खींच ले जाते हैं। प्राचार्य को भी प्रबंधन, अध्यापकों और छात्रों के बीच संतुलन बनाकर चलना पड़ता है।

इस बारे में आपके भी कई अनुभव होंगे। ऐसे में यदि श्रीलंका वाले अपने व्यवहार और परंपरा में संतुलन बनाकर चल रहे हैं, तो उन्हें धन्यवाद ही देना चाहिए। यदि वहाँ के पूर्ववर्ती राजनेता इस कला को जानते, तो प्रभाकरन के साथ भी संतुलन बना लेते; पर अब तो वहाँ नया युग प्रारंभ हुआ है। वे सब ओर संतुलन बनाकर चलते रहें, यही शुभेच्छा है। □

बड़े भाइयो, सावधान

बड़े और छोटे की कोई निश्चित परिभाषा नहीं है। अपने से अधिक उम्रवालों के साथ खड़े होने पर आप छोटे, तो छोटों के साथ खड़े होने पर बड़े कहे जाएँगे। फिर भी मेरी इस व्यथा कथा का पात्र वह निरीह प्राणी है, जिसे दुनिया बड़े भाई के नाम से जानती है।

यों तो कथा सम्राट् मुंशी प्रेमचंद ने 'बड़े भाई साहब' कहानी में इस गरीब को कुछ सहारा दिया है; पर मैं एक दूसरे दृष्टिकोण से अपनी बात कहना चाहता हूँ। अब तो भारत में परिवार नियोजन और हम दो, हमारे दो की धारणा के जोर पकड़ने के कारण कुछ वर्गों में बड़े और छोटे भाई की कल्पना ही समाप्ति पर है; पर कुछ ने योजनाबद्ध रूप से इसे न केवल जीवित रखा है, बल्कि वे इसे बढ़ा भी रहे हैं।

पर मैं तब की बात कर रहा हूँ, जब हर परिवार में तीन-चार भाई होते ही थे। उस समय के साहित्य का यदि अध्ययन करें, तो लेखकों द्वारा बड़े भाइयों की उपेक्षा साफ दिखाई देगी। पता नहीं उन्हें बड़े भाइयों से क्या तकलीफ थी? बड़े भाइयों ने उनकी भैंस खोली थी या गाय दुह ली थी कि वे हर बार छोटे भाई को ही महत्त्व देते थे।

उदाहरण के लिए आप राजा के उत्तराधिकार संबंधी किसी भी कहानी को पढ़ें। प्रसंग यही आता है कि राजा इस बात से बड़ा चिंतित था कि उसके बाद राजगद्दी कौन सँभालेगा? उसने अपने मंत्रियों से सलाहकर चारों बेटों को कुछ काम सौंपा और उसे एक महीने में पूरा करने की चुनौती सामने रखी। कहानी का निष्कर्ष यही निकलता था कि बड़ा बेटा मूर्ख साबित हुआ और सबसे छोटे ने उस चुनौती

को समय से पूर्व पूरा कर दिखाया और इस प्रकार वह राजगद्दी का वारिस बन गया।

ऐसी ही हजारों कहानियाँ राजकुमारियों से जुड़ी हैं। आप इसे राखी के स्वयंवर वाले नाटक से न जोड़ें। प्रायः राजकुमारियाँ शर्त रखती थीं जो कोई उस तथाकथित राक्षस के तिलिस्म को तोड़कर नागमणि ले आएगा, मैं उसे ही वरूँगी। कागज भरने और पाठक का समय खराब करने के लिए लेखक कहानी में अनेक उतार-चढ़ाव दिखाता है। अनेक भयावह प्रसंग वह इसमें जोड़ता है। कहीं आग की नदी, तो कहीं साँपों से भरा जंगल; कहीं बर्फ से लदे पहाड़, तो कहीं रेतीले टीलों वाले बिना पानी के रेगिस्तान की यात्रा; पर घूम फिर कर वह दुर्बुद्धि लेखक भी वहीं पहुँचता है। वह बताता है कि सब बड़े भाई विफल रहे; पर छोटे वाला अपने शौर्य और बुद्धि के बल पर नागमणि ले आया। इस पर राजकुमारी ने उसके गले में ही जयमाल डाल दी। कोई उन मूढ़ लेखकों से पूछे कि क्या तुम वहाँ उपस्थित थे, जो तुमने सबसे छोटे के गले में जयमाल डलवा दी? पर क्या कहें, बड़े भाइयों को अपमानित करने में लेखक ही सबसे आगे रहे हैं।

यह तो राजा दशरथ की महानता थी, जो उन्होंने श्रीराम को राजा बनाया। यद्यपि इस कारण उन्हें 14 वर्ष का वनवास भी भोगना पड़ा; पर महाभारत काल वालों ने बलराम के बदले श्रीकृष्ण को अधिक महत्त्व दिया। बेचारे बलराम जी…।

कभी-कभी तो लगता है कि भगवान भी छोटे भाइयों से नाराज रहते हैं। इंदिरा गांधी ने अपने छोटे बेटे संजय को अपना उत्तराधिकारी बनाया था, उसे वे प्रशिक्षित भी कर रही थीं; पर एक विमान दुर्घटना में संजय गांधी असमय चल बसे। इससे बड़े भाई राजीव गांधी की लॉटरी खुल गई, जिनका किया भारत आज तक भोग रहा है।

भगवान तक तो मेरी पहुँच नहीं है; पर अपने बिरादर भाइयों अर्थात लेखकों से मेरा निवेदन है कि बड़े भाइयों को उपेक्षा सहते हुए बहुत समय हो गया, अब वे उन पर रहम करें। मैं छोटे भाइयों के विरुद्ध नहीं हूँ; पर उन्हें अनावश्यक महत्त्व देना भी ठीक नहीं है।

यदि वे ऐसे नहीं मानेंगे, तो हमारे पास दूसरा रास्ता भी है। मेरे नेतृत्व में बड़े भाइयों ने एक संगठन बनाया है, जो लेखकों की इस तानाशाही का विरोध करेगा। हम यह बात राष्ट्रीय ही नहीं, अंतरराष्ट्रीय स्तर तक उठाएँगे। संसद् से लेकर यू.एन.ओ. तक हमारे प्रतिनिधि अर्थात बड़े भाई मौजूद हैं, वे भी हमारा साथ देंगे। हम छोटे भाइयों से टकराना नहीं चाहते; पर अपना हक छोड़ने को अब हम तैयार नहीं हैं। □

मुझे यह आशा नहीं थी

सचमुच मुझे यह आशा नहीं थी। उन्होंने मेरा दिल तोड़ दिया। मेरे जैसे वरिष्ठ साहित्यकार की इतनी उपेक्षा आज तक किसी ने नहीं की; पर इस बार...। मेरे पास कहने को शब्द नहीं हैं।

बात यह है कि हिंदी की एक प्रतिष्ठित पत्रिका ने पिछले दिनों 'कहानी विशेषांक' निकाला। उसमें युवा कहानीकारों का प्रतियोगिता के माध्यम से चयन कर उनके लिए पुरस्कार घोषित हुए। बहुत सी पत्रिकाएँ ऐसा करती हैं, इसलिए इसमें मुझे क्या आपत्ति हो सकती है ? इसके साथ ही कुछ पुराने तथा वर्तमान लेखकों की कहानियाँ भी उसमें प्रकाशित हुईं। एक वरिष्ठ लेखक शर्माजी ने कहानी लेखन की सौ साल की पूरी कहानी ही लिख डाला। मेरी नाराजगी का कारण यह दोनों बातें ही हैं।

पहले शर्माजी की बात करें। उन्होंने पुराने और दिवंगत लेखकों के इस क्षेत्र में योगदान का उल्लेख किया। उसमें तो मेरा नाम आने का मतलब ही नहीं था, चूँकि मैं अभी इस धरा पर भार बना ही हूँ; पर उन्होंने वर्तमान लेखकों में भी मेरी चर्चा नहीं की, यह बहुत खराब बात है। शायद उन्होंने मेरे संपादन में झूमरी तलैया से निकल रही पत्रिका 'झूमरी झनकार' को नहीं देखा। यह पिछले बीस साल से छप रही है। यह बात दूसरी है आर्थिक अभाव में इसके अब तक चार-छह अंक ही मैदान में आए हैं। इसका ताजा अंक तो पिछले साल ही छपा था, जिसमें आधी कहानियाँ मेरी ही हैं।

कहानी का इतिहास लिखते समय शर्माजी को दिल्ली के साथ ही छोटे स्थानों से निकलने वाली पत्रिकाओं पर भी निगाह डालनी चाहिए थी। कई बार बड़े

स्थान वाली पत्रिकाओं में 'नाम बड़े पर दर्शन छोटे' होते हैं, जबकि लघु पत्रिकाएँ जमीनी लेखकों और पाठकों का असली प्रतिबिंब होती हैं; पर शर्माजी की नजर मेरे जैसे कालजई लेखक पर नहीं गई, यह विडंबना नहीं तो और क्या है? मेरी कहानियाँ प्रेमचंद और गुलेरीजी की टक्कर की हैं; पर कोई उन पर ध्यान ही नहीं देता।

मेरी नाराजगी संपादक वर्माजी से भी है। क्योंकि उन्हें भी मेरा नाम याद नहीं आया। यदि वे मुझे कहते, तो मैं एक क्या बीस कहानी भेज देता। वे चाहते, तो पूरा विशेषांक ही उनसे भर सकता था; पर लगता है समस्या सब जगह वही है। बड़े स्थानों के लेखकों को हर जगह महत्त्व मिलता है, जबकि छोटे स्थान वाले उपेक्षित रह जाते हैं। पुरस्कार और सम्मान भी ऐसे लोग ही झपट लेते हैं, जिनके संपर्क अच्छे हों। इसलिए हर लेखक दिल्ली में ही बसना चाहता है, चाहे उसे पापड़ बेचकर गुजारा करना पड़े। हिंदी साहित्य को जन-जन तक पहुँचाने के लिए इस मानसिकता को बदलना होगा।

यह केवल मेरी नहीं, छोटे स्थानों पर बसे सभी लेखकों की उपेक्षा है। इसलिए मैंने भी कुछ निर्णय लिए हैं। मैं पारदर्शिता में विश्वास रखता हूँ, इसलिए सबको बता देना चाहता हूँ, ताकि सनद रहे और वक्त जरूरत काम आए।

पहली बात तो यह कि मैं अपनी पत्रिका 'झूमरी झनकार' में कभी शर्माजी का लेख प्रकाशित नहीं करूँगा। वैसे मैंने पत्र तो उन्हें कई बार लिखे हैं; पर उन्होंने अपनी रचना कभी नहीं भेजी; पर अब मैंने उन्हें पत्र भी न डालने का निश्चय किया है।

जहाँ तक वर्माजी की बात है। मैं अपने स्वास्थ्य के कारण 'झूमरी झनकार' के लिए किसी अच्छे संपादक की तलाश में था। मेरी निगाह उन पर ही थी; पर अब मैंने सूची से उनका नाम काट दिया है। चाहे मुझे अपनी हाईस्कूल फेल पत्नी को ही संपादक बनाना पड़े; पर वर्माजी अब आशा न रखें। मैंने इस बारे में उन्हें जो भी पत्र लिखे हैं, उन्हें तत्काल प्रभाव से निरस्त समझा जाए।

मेरे यह दोनों निश्चय अटल हैं, जिन्हें बदलना संभव नहीं है, फिर भी भूल तो मनुष्यों से ही होती है, इसलिए यदि ये दोनों आगामी अंक में खेद व्यक्त कर दें, तो मैं पुनर्विचार कर सकता हूँ; पर उन्हें यह वचन देना होगा कि भविष्य में मैं जो भी रचना भेजूँगा, भले ही वह कूड़ा हो; पर उसे वे कूड़ेदान के हवाले नहीं करेंगे।

अंत में मैं एक बार फिर कहना चाहता हूँ कि मुझे पत्रिका वालों से ऐसी आशा नहीं थी। उन्होंने मेरा दिल तोड़ दिया।

□

मैं और मोबाइल चोर

एक था मैं और एक था चोर। नहीं, एक था चोर और एक था मैं। नहीं, नहीं; एक था चोर और एक हूँ मैं। उफ, मैं भी कैसा मूर्ख हूँ कि जरा सी बात नहीं समझा पा रहा हूँ; पर आप समझदार हैं, बात समझ ही गए होंगे।

बात यह है कि कुछ दिन पूर्व गणेशोत्सव में हमारे मोहल्ले में भी शोभा यात्रा निकली, जिसमें मैं पूरी श्रद्धा से शामिल हुआ। वहाँ किसी ने मेरा मोबाइल पार कर लिया। मोबाइल फोन तो कीमती था ही; पर उससे अधिक कीमती उसमें भरे लगभग 500 फोन नंबर, सैकड़ों परिचितों के डाक, ई.मेल और वेब पते, उनके जन्मदिन, विवाह की वर्षगाँठ आदि थे। अब मैं क्या करता। मन मारकर घर वापस आ गया। मोबाइल की याद में रात भर नींद नहीं आई। सोचा, भगवान चोर का भला करे, हो सकता है उसे मुझ से अधिक इसकी जरूरत हो। फिर मेरे लेखक मन को यह संतोष भी हुआ कि यदि सब चोर ऐसे ही धर्मप्रेमी हो जाएँ, तो देश का वातावरण बदल सकता है।

मैंने और सोचा, तो लगा कि वह जरूर लालूजी का शिष्य रहा होगा। रेल मंत्री रहते हुए उन्होंने यात्रियों की जेब पर किस खूबसूरती से डाका डाला था। तत्काल सेवा, आने-जाने के आरक्षण में पैसे का अंतर, सीटों से तीन गुने अधिक आरक्षण, आरक्षित टिकट की वापसी पर पचास प्रतिशत की कटौती···। यात्री खुशी-खुशी लुटते थे; पर मजबूरी में कुछ कह भी नहीं सकते थे। चोर का कमाल देख कर मुझे यह भी लगा कि वित्त मंत्री को उसे सलाहकार बना लेना चाहिए। क्योंकि उन्हें भी जनता की जेब चुपचाप साफ करनी होती है।

चोरी की चर्चा मैंने अपने क्षेत्र के थानेदार से की। उसमें भी कुछ साहित्यिक

कीटाणु थे। एक गोष्ठी में उससे भेंट हुई थी। उसने कहा कि चिंता मत करो, लेखक का फोन चोर को पचने नहीं दूँगा। अब आप भारत की पुलिस को तो जानते ही हैं। कई देशों की पुलिस 14 तो कोई 24 घंटे में चोर पकड़ने का दावा करती है; पर हमारी पुलिस तो अपराध से 24 घंटे पहले ही चोर को पकड़ सकती है। अगले ही दिन थानेदार ने फोन कर मुझे बुलाया। मैं गया, तो वहाँ मेज पर मेरा प्यारा फोन रखा था। मैंने लपक कर उसे उठाया और एक सिपाही को 500 रुपए देकर सबको मिठाई खिलाने को कहा।

थानेदार ने फिर मुझे चोर से मिलवाया। वह 18 साल का एक मासूम किशोर था। उसके हाल और चाल से लग रहा था कि उसकी अच्छी कुटाई हुई है। मुझे तरस आ गया। मैंने सोचा कि जेल में तो यह पूरा अपराधी बन जाएगा। यदि इसे समझा-बुझा कर छोड़ दें, तो शायद यह सुधर जाए। मेरे आग्रह पर थानेदार ने उसे फिर दो-चार डंडे लगाए और जाने दिया।

दो दिन बाद वह मुझे बाजार में मिला, तो उसने मेरे पैर छुए। मुझे यह परिवर्तन देखकर प्रसन्नता हुई। मैंने उसे चाय पिलाई और अपने घर का फोन नंबर देकर कहा कि उसे कभी सहायता की जरूरत हो, तो नि:संकोच बताये। मैंने उसे समझाया कि वह चोरी छोड़ कर कोई और काम करे। इतना ही नहीं, उपदेशात्मक लहजे में उसे यह भी कहा कि किसी भी काम में प्रारंभ में असफलता मिलती ही है; इससे न घबराते हुए यदि व्यक्ति लगनपूर्वक काम करता रहे, तो एक दिन उसे सफलता भी जरूर मिलती है। वह बहुत ध्यान से मेरी बात सुन रहा था। मेरे पूछने पर उसने अपनी गिरफ्तारी का जो किस्सा बताया, वह भी बड़ा रोचक था।

उसने कहा कि उसे अपनी माँ के इलाज के लिए पचीस हजार रुपए की तुरंत आवश्यकता थी। सब ओर से निराश होकर उसने मजबूरी में चोरी का निश्चय किया और पहला शिकार मुझे ही बनाया। इसके बाद रात के तीसरे पहर में वह एक सेठ के घर में घुसा। मोबाइल उसकी जेब में था ही। सब गहरी नींद में थे कि सहसा मोबाइल बज उठा— *उठ जाग मुसाफिर भोर भई, अब रैन कहाँ जो सोवत है। जो जागत है सो पावत है, जो सोवत है सो खोवत है..।*

असल में मुझे जल्दी उठकर लिखने की बीमारी है। इसलिए मैंने मोबाइल में चार बजे का अलार्म लगा रखा है। चोर ने उसे सायलेंट तो कर दिया था; पर ऐसे में भी अलार्म तो बोलता ही है। अलार्म की तेज आवाज से सब लोग जाग गए और चोर को पकड़ लिया। पहले तो सेठ के दोनों बेटों ने उसे खूब मारा। मौका अच्छा देखकर दोनों बहुओं, पोते-पोतियों और कुछ पड़ोसियों ने भी हाथ की खुजली

मिटा ली। इसके बाद उन्होंने पुलिस को फोन कर दिया। वह भागे नहीं, इसलिए 95 किलो वाले सेठजी 45 किलो वाले चोर के ऊपर बैठ गए। पुलिस के आने तक घरवालों की मार और सेठजी के भार से उसका कचूमर निकल गया।

फोन पाकर मैं फिर लापरवाह हो गया। दो दिन बाद मंगलवार था। मैंने सोचा कि हनुमानजी को धन्यवाद दे दूँ। मैं प्रसाद लेकर बड़े मंदिर में गया। वहाँ भक्तों की भारी भीड़ थी। मैंने पूरी श्रद्धा से प्रसाद चढ़ाकर पूरी हनुमान चालीसा पढ़ी। बाहर आकर जेब पर हाथ लगाया, तो मोबाइल फिर साफ था। इतना ही नहीं, मेरे नए जूते भी गायब थे। मैं अपना सिर धुनते हुए नंगे पाँव ही घर लौटा।

घर आकर मैं बैठा ही था कि अचानक फोन बजा। उधर से वही युवक बोल रहा था—अंकल, क्षमा करें, मैंने ही आपका मोबाइल फिर से लिया है। आपने कहा था कि हर काम में शुरू में असफलता मिलती है; पर यदि व्यक्ति निराश न होकर लगनपूर्वक काम में लगा रहे, तो फिर एक दिन सफलता अवश्य उसके चरण चूमती है। आपकी बातों से मुझे हिम्मत मिली और मैंने इसी काम को लगनपूर्वक करने का निश्चय कर लिया। और हाँ, मेरा आपको कष्ट देने का मन तो नहीं था; पर आपके जूते भी मुझे बहुत अच्छे लगे, इसलिए उन्हें भी…। गुस्से में मैं अपने सिर के बाल नोचने लगा।

अब तो आप जान ही गए होंगे कि एक था चोर और एक था मैं। नहीं; एक था समझदार चोर और एक हूँ मूर्ख मैं। नहीं, नहीं; खैर छोड़िए, आप समझदार हैं, समझ ही गए होंगे।

□

नाई से न नाई लेत...

आप शीर्षक से भ्रमित न हों। मैं किसी भजन की व्याख्या नहीं कर रहा हूँ। मुझे तो एक सितंबर, 2009 को दिल्ली के सभी पत्रों में छपी इस खबर ने चौंका दिया है कि डाकुओं ने एक पुलिस अधिकारी के घर में डाका डाला। आप कहेंगे कि इसमें नया क्या है? यह तो उनका रोजगार है। वे डाका नहीं डालेंगे तो क्या सिंघाड़े बेचेंगे?

पर पुलिसजी के घर डाका तो सिद्धांत के विरुद्ध है। कहते हैं कि जब रामजी गंगा पार करने के बाद केवट को उतराई देने लगे, तो केवट ने यह कहकर मना कर दिया कि आपका और मेरा काम एक है, इसलिए मैं उतराई नहीं लूँगा। चूँकि मैं तो केवल नदी पार कराता हूँ; पर आप तो भवसागर से ही पार करा देते हैं। यहीं वह भजन याद आता है कि—

नाई से नाई लेत, धोबी से न धोबी लेत
दे के मजूरी आज जाति को न बिगाड़िए।

इसलिए डाकुओं का पुलिस वाले के घर डाका समझ नहीं आया। उस समय वहाँ पार्टी हो रही थी। आप जानते ही हैं कि ऐसी जगह महिलाएँ गहनों से लदकर आती हैं। यदि वे ऐसा न करें, तो पड़ोसन, ननद या जिठानी का दिल कैसे जलेगा? कई महिलाएँ किसी से गहने माँग लेती हैं। जिनकी स्थिति ऐसी भी न हो, वे नकली गहने किराए पर ले लेती हैं। यद्यपि कुछ अनुभवी आँखें ताड़ जाती हैं कि इस करमजली की नथ, चूड़ियाँ और लॉकेट सब नकली हैं।

जब पार्टी पूरे यौवन पर थी, तभी 10-12 डाकू आए। दो छत पर तो तीन मुख्य द्वार पर डट गए। शेष ने पार्टी में मगन लोगों को पिस्तौलें लहरा कर डरा दिया।

उन्होंने महिलाओं के गहनों के साथ पुरुषों के पर्स, चेन और मोबाइल भी समेट लिए। पुलिस अधिकारी के विरोध करने पर उसके पेट में गोली उतारकर उन्होंने दहशत फैला दी। इस प्रकार वे अपना काम पूरा कर चंपत हो गए।

इसके बाद वही हुआ, जो हर बार होता है। अर्थात् पुलिस रिपोर्ट और जाँच। यदि मामला हमारा–आपका होता, तो बात यहीं रुक जाती; पर अपने ही अधिकारी का केस होने के कारण पुलिस ने तेजी दिखाई और तीन दिन में डाकुओं को धर दबोचा। अधिकांश माल वे बेच चुके थे। जिन सर्राफों ने यह लिया था, उन्हें भी बंद कर दिया गया। अंत में समझौता इस बात पर हुआ कि वे पुलिस को उसका हिस्सा देकर डाकुओं से माल तो खरीदते रहेंगे; पर यह पूछ जरूर लेंगे कि यह किसी पुलिस वाले का तो नहीं है?

उन डाकुओं को पुलिस ने खूब डंडियाया। पहली से लेकर तीसरी श्रेणी तक के प्रयोग उन पर किए गए। उनसे पूछा गया कि जब तुम्हें हर तरह की छूट है, तो तुमने अपने ही बिरादर भाई के घर डाका क्यों डाला? जनता को तुम भी लूट रहे हो और हम भी। यह तो अपने–अपने भाग्य की बात है कि तुम चोरी–छिपे लूटते हो और हम खुलेआम। तुम्हारे काम में जान जाने से लेकर हाथ–पैर टूटने तक का खतरा है, जबकि हमसे लुटने वाला हमें ठंडा–गरम पिलाकर धन्यवाद करता है। एक पुलिसकर्मी ने उनका सिर दीवार से मारकर कहा कि हमारे बीच यह भी समझौता है कि तुम काम से पहले हमें जरूर बताओगे, जिससे हम उधर गश्त पर न जाएँ; पर तुम इसे भी भूल गए। डाकुओं ने बहुत हाथ–पैर जोड़े, कई बार नाक रगड़ी; पर पुलिस वाले उन्हें जेल भेज कर ही माने।

इस घटना से डाकुओं की नई पीढ़ी को यह संदेश मिला कि यों तो बिना खतरा उठाये कोई काम सफल नहीं होता; पर डाकू का पेशा और भी कठिन है, क्योंकि यहाँ विभिन्न वेशभूषा में हर जगह डाकू बैठे हैं। कहीं पुलिस या नेता के वेश में; कहीं अफसर या कर्मचारी के वेश में; कहीं अध्यापक, प्राचार्य या प्रबंधक के वेश में; कहीं पंडे–पुजारी, मुल्ला–मौलवी या पादरी के वेश में; कहीं संवाददाता, संपादक या प्रबंध संपादक के वेश में। असली डाकुओं को तो उनकी चाल–ढाल या हथियारों से पहचान सकते हैं; पर भद्र वेश वाले डाकुओं को पहचानना कठिन है।

मैंने सोचा है कि नकली की बजाय असली डाकुओं से ही लुटना ठीक है। इससे मुआवजा भले ही न मिले; पर सहानुभूति तो मिलेगी। इसलिए जो असली डाकू मुझे लूटना चाहें, वे सीधे मुझसे संपर्क करें या मेरा पता और फोन नंबर संपादकजी से पूछ लें। □

यह भी कोई चोरी है?

कुछ दिन पूर्व यह समाचार मोटे शीर्षक में छपा था कि लंदन में गहनों और घड़ियों की एक दुकान में 320 करोड़ रुपए की डकैती पड़ गई। मुझे यह समाचार पढ़कर शर्म आ रही है। जिस ब्रिटेन ने 200 साल तक यहाँ राज किया, उसका स्तर इतना नीचे? आखिर भारत में रहकर उन्होंने क्या सीखा? यह भी कोई डकैती हुई? इतना माल तो हमारे यहाँ प्रायः हर पुलिस और प्रशासनिक अधिकारी काट लेता है। यह बात और है कि लूटनेवाला इसे हक और लुटनेवाला भेंट मानता है। फिर लंदन में छोटी सी डकैती का इतना शोर क्यों?

वहाँ की पुलिस ने दावा किया कि हम 24 घंटे में अपराधियों को पकड़ लेंगे। इससे तो हमारी पुलिस अच्छी है, जिसे घटना से पहले ही पता होता है कि अपराधी कहाँ और क्या करने वाले हैं? पुलिस को उसका हिस्सा मिल जाए, तो फिर असली अपराधी कभी हाथ नहीं आते। अन्यथा उन्हें पकड़ने में पुलिस देर नहीं लगाती।

और 320 करोड़ की कीमत ही क्या है? भारत में हर साल ऐसे घोटाले होते हैं, जिसमें एक हस्ताक्षर से अरबों के वारे–न्यारे हो जाते हैं; और यह सब मीडिया के सामने होता है। इससे बड़ी डकैती और क्या होगी? याद कीजिए 1986 के राजीव गांधी और बोफोर्स को। 65 करोड़ की दलाली की जाँच में 265 करोड़ से अधिक खर्च हो गए; पर अब तक मक्खी भी हाथ नहीं लगी। लिब्राहन आयोग को बाबरी विध्वंस पर चार महीने में रिपोर्ट देनी थी, उसने 18 साल लगा दिए। सब देखते रहे। यह डकैती नहीं है क्या?

लंदन वाले हमसे कुछ सीखें। पिछले छह सितंबर को हमारे राष्ट्रपति भवन

में ही चोरी हो गई। प्रतिभाजी उस समय रूस गई थीं। हमारे यहाँ अफसर के जाते ही कार्यालय में 15 अगस्त आ जाता है और सब स्वतंत्र हो जाते हैं। यहाँ भी यही हुआ। इसका लाभ उठाकर चोर राष्ट्रपति के विशेष कार्याधिकारी (ओ.एस.डी.) के कार्यालय से कंप्यूटर और व्यायाम वाले डंबल ले गए। लगता है चोर स्वास्थ्य के प्रति कुछ ज्यादा ही जागरूक थे।

कई साल हुए, विश्व भारती संग्रहालय से रवींद्रनाथ टैगोर का नोबेल पदक चुरा लिया गया था। इससे पूर्व राष्ट्रीय संग्रहालय से जनरल नियाजी की पिस्तौल गायब हो गई, जिसे 16 दिसंबर, 1971 को जनरल जगजीत सिंह अरोड़ा को समर्पित किया था। अब तक इनका कुछ पता नहीं है। गत 4 सितंबर को चोरों ने शास्त्री स्मृति संग्रहालय से पूर्व प्रधानमंत्री शास्त्रीजी की एक करोड़ रुपए मूल्य वाली वह सोने की घड़ी मार ली, जो उन्हें 1965 की रूस यात्रा में प्रधानमंत्री कोसीगिन ने दी थी। यह संग्रहालय देश की सबसे अधिक शक्तिशाली लेडी के निवास, दस जनपथ के पास है।

अब इन घटनाओं की तुलना करें। राष्ट्रपति भवन और दस जनपथ सर्वाधिक सुरक्षा वाले क्षेत्र हैं, फिर भी··· । इसलिए इन चोरों का तो सम्मान होना चाहिए। चौर्य कला हमारी प्राचीन कला है, जो प्रोत्साहन के अभाव में मर रही है। दूरदर्शन के रात्रि कार्यक्रमों और बिजली की लुकाछिपी से लोग सो नहीं पाते; बेचारे चोर कब अपना काम करें? हाँ, सरदी का मौसम ठीक है। लंबी रात और रजाई से कान–मुँह ढके लोग; पर ऐसे में तेल लगाकर, कच्छा–बनियान पहनकर या नकाब लगाकर चोरी करना बड़े जिगर का काम है।

वस्तुतः इस मामले में लंदन वाले अभी बच्चे ही हैं। यदि वे प्रगति करना चाहते हैं, तो कुछ चोरों को यहाँ प्रशिक्षण के लिए भेज दें या फिर हमारे कुछ चोर, डाकू और पुलिसवालों को ही बुला लें। कुछ ही दिन में वहाँ अपराधों का ग्राफ न चढ़ जाए, तो कहना।

□

पटरी पर आती मैट्रो

इन दिनों दिल्ली के समाचारों में मैट्रो छाई है। कभी उसका पुल, तो कभी वह खुद गिर जाती है। कभी पटरी टूटी, तो कभी वह पटरी से उतर गई। उसे उठाने को जो क्रेन गई, वह उठाने से पहले खुद ही बैठ गई। कभी उसके नीचे आकर किसी ने आत्महत्या कर ली, तो कभी डिब्बे में ही लाश मिल गई। कभी खंबे में दरार मिली, तो कभी खंबा ही धराशाई हो गया। किसी ने लिखा है—*बदनाम अगर होंगे, तो नाम ही कुछ होगा।* बस इसी तर्ज पर आजकल मैट्रो खूब (बद) नाम कमा रही है।

कोलकाता की मैट्रो वामपंथी स्वभाव के अनुकूल, धरती के नीचे अर्थात भूमिगत है। वामपंथी भूमिगत काम के आदी हैं। नक्सली कम्यूनिस्ट न जाने कब और कहाँ से आकर मारकाट और लूटपाट कर गायब हो जाते हैं। झारखंड, छत्तीसगढ़ और आंध्र प्रदेश उनसे त्रस्त हैं। नेपाल में माओवादी कुछ दिन को सत्ता पा गए; पर उनकी विलासता और देशविरोधी हरकतें देख जनता ने उन्हें लतिया दिया। अब वे फिर भूमिगत होने की धमकी दे रहे हैं। इस शब्द का प्रयोग सबसे पहले कब, कहाँ, क्यों और किसके लिए हुआ, यह शोध का विषय है; पर शोध खुलेआम होना चाहिए, भूमिगत रहकर नहीं।

लेकिन दिल्ली की मैट्रो 'त्रिशंकु' की तरह भूमि पर और भूमि से ऊपर भी चलती है। यहाँ अगले साल होने वाले राष्ट्रमंडल खेलों के लिए सारा शहर खुद रहा है। जगह-जगह लिखा है, सावधान ! आगे खुदा है। भगवान बचाए इस खुदा और खोदने वालों से। जिधर जाओ, जाम से शहर जमा मिलता है। ऐसे में मैट्रो ने यात्रा को सुगम बनाकर दिल्ली को प्रदूषण से भी कुछ मुक्ति दिलाई है। उसके

आधार पुरुष श्रीधरन से प्रसन्न होकर शासन ने उनका कार्यकाल बढ़ाया और उन्हें पद्म सम्मान दिया। उन जैसे कर्मठ लोगों की देश को बहुत आवश्यकता है; पर राष्ट्रमंडल खेलों की जल्दीबाजी में जो काम हो रहा है, उससे उनकी प्रतिष्ठा गिर रही है। इसलिए लोग कहने लगे हैं कि मैट्रो पटरी से उतर रही है, जबकि वह वस्तुतः पटरी पर आ रही है। समझिए कैसे?

भारत की किसी भी रेल या सरकारी बस के आने-जाने का ठीक समय भगवान भी नहीं जानता। हवाई यातायात पहले समय पालन के लिए बदनाम था; पर अब वह भी लेट लतीफी वाली हमारी राष्ट्रीय आदत के अनुसार चलने लगा है। ऐसे में मैट्रो का समय पर चलना और पहुँचना, उसकी साफ-सफाई, दुर्घटना न होना आदि से मेरे जैसे व्यक्ति को बहुत कष्ट हो रहा था। चलती बस में से पहिये का निकलना, बिना पूरा तेल लिए चालक का गाड़ी लेकर चल देना, यात्रियों से धक्के लगवाना, निजी होटल पर बस खड़ी कर यात्रियों को लुटने पर मजबूर करना; यह हमारे महान् बस विभाग की कुछ प्रमुख विशेषताएँ हैं।

ऐसे ही रेल में बिना टिकट चलना, टी.टी. को पीटना, लड़कियों और वृद्धों को परेशान करना, छात्रों का आरक्षित और वातानुकूलित डिब्बों में यात्रा करना, स्टेशन पर ठेलेवालों का दुर्व्यवहार; अपनी कमीज से डिब्बे की सफाई कर कुछ पैसों की याचना करते बच्चे, ताली बजाकर जबरन पैसा लेते और अनचाहा मनोरंजन करते कुछ प्राणी···; क्या नहीं है वहाँ? हम यह सोचकर दो घंटे बाद चलते हैं कि रेल हमें मिल जाएगी; और सचमुच वह देर से आकर हमारी और अपनी लाज रख लेती है। ऐसे में मैट्रो समय पर चल कर देश की कार्यशैली को खराब कर रही थी।

पर अब वह पटरी पर आ गई है। वहाँ भी छेड़छाड़ होने लगी है। दुर्घटनाएँ हो रही हैं; गंदगी से माहौल घर, बाजार और सब्जी मंडी जैसा लगने लगा है। दिल्ली भारत का दिल है और मैट्रो दिल्ली की शान। कुछ दिन के राष्ट्रमंडल खेलों के लिए हम अपने राष्ट्रीय चरित्र को नहीं छोड़ सकते। इसलिए मैट्रो में भिखारियों और जेबकतरों को अपनी रोटी-रोजी कमाने की छूट हो। वहाँ चाय, पकौड़ी, मूँगफली, लइया चना, बड़ा पाव, झालमुड़ी आदि खुलेआम बिकें। इससे बहुत शीघ्र मैट्रो पूरी तरह पटरी पर आ जाएगी। भले ही उससे दिल्ली वालों की जिंदगी पटरी से उतर जाए; पर मैट्रो का पटरी पर आना बहुत जरूरी है।

□

गरीबी रेखा से ऊपर

आप मानें या न मानें; पर गरीबी को नापने के कई पैमाने हैं। कोई मकान या खेत के आकार से, कोई व्यापार या टैक्स से, कोई कपड़ों, शिक्षा और चिकित्सा पर किए व्यय से इसका आकलन करता है; पर खाद्य विशेषज्ञों के अनुसार ग्रामीण व्यक्ति को प्रतिदिन 2,400 और शहरी व्यक्ति 2,100 कैलोरी की आवश्यकता होती है। जो व्यक्ति भोजन से इतनी कैलोरी पा रहा है, उसे गरीबी रेखा से ऊपर मान लिया जाता है।

पिछले दिनों गरीबी नापने के लिए भारत सरकार एक गाँव में जा पहुँची। किसान, मजदूरों और चरवाहों ने सरकार को देखा, तो डर कर भागने लगे; पर एक अधिकारी ने उन्हें प्यार से बुला लिया।

— आप घबराएँ नहीं, हमें गरीबी रेखा का सर्वेक्षण करना है। आप हमारे कुछ प्रश्नों का जवाब दे दीजिए, बस।

— साबजी, हम तो अनपढ़ हैं। आप प्रधानजी से पूछ लें। सब नेता और अफसर वहीं खाते-पीते और अपने कागज ठीक करते हैं; उनमें से एक डरता हुआ बोला।

— नहीं, नहीं, हमें वहाँ नहीं जाना। अच्छा ये बताओ कि तुम दिन भर में कितनी बार और क्या-क्या खाते हो? मेरा मतलब अन्न, फल, दाल, सब्जी, मेवे और दूध आदि से है?

— साबजी, ये सब हमारे नसीब में कहाँ है? हमें तो दो वक्त रोटी मिल जाए, वही बहुत है।

— फिर भी कुछ तो खाते ही होगे?

— क्या खाना है बाबू जी, सुबह खेत में आते समय रात की बासी रोटी प्याज या अचार से खा लेते हैं।

— रोटी किस गेहूँ की होती है; अंबानी, मित्तल या गोयल ब्रांड?

— हम गेहूँ की नहीं, जवार या बाजरे की रोटी खाते हैं।

एक कर्मचारी बोला; सर, जवार और बाजरे में गेहूँ से तीन गुना कैलारी होती है। इनसे पूछिए, ये दिन में कितनी रोटी खाते हैं?

— हाँ, दिन भर में कितनी रोटी खा लेते हो?

— आठ-दस तो खा ही लेते हैं।

— अच्छा, आठ-दस रोटी यानी 2,000 कैलोरी··· । उसके साथ दाल, सब्जी, सलाद या··· ?

— दाल तो हम बच्चों को भी नहीं खिला पाते। खेत में थोड़ा आलू और मूली होती है, उसे बेचकर उसके पत्तों की भूजी बना लेते हैं।

कर्मचारी फिर बोला—सर, हरे पत्तों में तो बहुत कैलोरी होती है। उड़ीसा के जंगलों में तो लोग हरी घास और कंदमूल ही खाते हैं। पत्तों से भी ये लोग 500 कैलोरी तो पा ही लेते होंगे।

— अर्थात ये लोग गरीबी रेखा से ऊपर हैं। फिर घी-दूध तो इनके घर का होगा ही।

— कैसा घी-दूध साबजी? गाय-बैल गाँव में बचे नहीं और ट्रैक्टर दूध नहीं देता। छोटे बच्चे तो दूध के बारे में जानते तक नहीं।

— फिर भी सरकारी हिसाब से आप लोग गरीब नहीं हैं। क्योंकि आपको 2,500 कैलोरी हर दिन मिल रही है।

— साब, इस मुई कैलोरी को तो आप जानें; हम तो ये जानते हैं कि बारिश में टूटी अपनी झोंपड़ी हम अब तक नहीं बना सके हैं।

— इसका संबंध गरीबी रेखा से नहीं है।

— मैंने दो साल पहले सेठ से कर्ज लिया था, उसके बदले वह मेरा हल उठा ले गया। अब मेरे सामने आत्महत्या का ही रास्ता बचा है।

— देखो, हम आत्महत्या या कर्ज की जाँच नहीं कर रहे हैं। हम तो गरीबी रेखा का सर्वेक्षण कर रहे हैं।

— पर आप हमारे फटे कपड़े तो देखो। सरदी हो या गरमी, हम यही पहने रहते हैं। मेरी माँ और घरवाली एक ही साड़ी से काम चलाती हैं। फीस

और किताबों के कारण बच्चों को पढ़ने नहीं भेजते।

सरकार का काम पूरा हो चुका था। इसलिए बहस करने की बजाय वह जीप में बैठकर धूल उड़ाती चली गई।

यह भारत के अधिकांश गाँवों की कहानी है। रग्घू और सुखिया आज भी फटे कपड़े पहने खेत जोत रहे हैं; पर सरकारी आँकड़ों में वे गरीबी रेखा से ऊपर हैं। शासन कहता है कि करोड़ों लोग गरीबी रेखा से ऊपर उठे हैं। काश, कोई यह भी देखे कि कर्ज, भूख, दहेज, बेरोजगारी और फसल बर्बाद होने के कारण कितने लोग इस धरती से ही उठ गए हैं?

□

सरस्वती पुत्रों की दुर्दशा क्यों?

बात बहुत पुरानी है। एक गाँव में दो मित्र रहते थे, बचपन से ही साथ साथ पढ़े-लिखे, खेले और कूदे। बड़े होने पर दोनों की नौकरी लग गई। उनकी पत्नियाँ और बच्चे भी अच्छे स्वभाव के थे, अतः हँसी-खुशी जीवन की गाड़ी चल रही थी।

समय बीतते देर नहीं लगती, उनकी लड़कियाँ पढ़ाई में डिग्री स्तर तक पहुँच गईं। दोनों ने शहर के कन्या छात्रावास में उन्हें प्रवेश दिला दिया। दोनों एक ही कमरे में रहने लगीं।

क्षमा करें, मैंने अब तक उनके नाम तो बताए ही नहीं। एक थी लक्ष्मी और दूसरी सरस्वती। लक्ष्मी रूप-रंग में कुछ अच्छी थी; उसके पिता की आर्थिक स्थिति भी काफी ठीक थी। अतः अच्छे कपड़े, गहने, श्रृंगार आदि से वह स्वयं को थोड़ा 'सुपर' दिखाने का प्रयत्न करती थी। दूसरी ओर सरस्वती के पिता की आर्थिक दशा बहुत सामान्य थी। उसका असर सरस्वती के वस्त्रों, रूप-रंग आदि पर भी दिखाई देता था; पर बुद्धि में सरस्वती का मुकाबला नहीं था। वह हर परीक्षा में आगे रहती थी, जबकि लक्ष्मी को फैशन शो और सौंदर्य प्रतियोगिताओं से ही फुर्सत नहीं मिलती थी।

बात चूँकि बहुत पुरानी है; तब शारीरिक सुंदरता के बदले मानसिक सुंदरता एवं बुद्धिमत्ता को अधिक महत्त्व दिया जाता था। सो इन दोनों की चर्चा होने पर सरस्वती का पलड़ा ही भारी रहता था। विद्यालय वाले सरस्वती को अपनी संस्था का गौरव बताते थे। इससे लक्ष्मी जल जाती; पर योग्यता पाने के लिए तो परिश्रम और अभ्यास ही एकमात्र उपाय है, महँगे सौंदर्य-प्रसाधन नहीं।

धीरे-धीरे साल बीत गया; वार्षिक परीक्षा में सरस्वती ने लक्ष्मी का खूब

सहयोग किया; पर पूरे साल का किया तो सामने आना ही था। सरस्वती को विद्यालय की सर्वश्रेष्ठ छात्रा घोषित किया गया, जबकि लक्ष्मी किसी तरह उत्तीर्ण ही हो सकी। सरस्वती को अनेक पुरस्कार और छात्रवृत्तियाँ मिलीं। सब ओर उसकी ही चर्चा होने लगी।

लक्ष्मी के वैभव से जलने वाली छात्राएँ आज पूरा मजा ले रही थीं—क्यों दीदी, भारत-सुंदरी प्रतियोगिता के लिए आपका झूमरीतलैया का टिकट तो बुक हो ही गया होगा? तो दूसरी कहती—हट मूर्ख, तुझे पता नहीं, दीदी विश्वसुंदरी प्रतियोगिता के लिए दक्षिणी ध्रुव पर जा रही हैं। यह सुनकर लक्ष्मी जल-भुन कर राख हो रही थी।

वार्षिक अवकाश में दोनों सहेलियाँ एक साथ घर लौटीं; पर दोनों के बीच दीवार खिंच चुकी थी। उनके परीक्षा-परिणामों की चर्चा के कारण घर और मोहल्ले का वातावरण भी बदल चुका था। मोहल्ले वालों ने भी सरस्वती को पुरस्कृत किया। अब लक्ष्मी को लगा कि पानी सिर के ऊपर हो गया है; पर सरस्वती को नीचा भी कैसे दिखाए? हर जगह तिकड़म तो काम नहीं आती, फिर उस समय पैसे और जुगाड़ के बल पर डिग्री, सम्मान और पुरस्कार खरीदने की प्रथा नहीं थी। अंततः किसी की सलाह पर उसने पत्रकार-संगठन के अध्यक्ष नारदजी से संपर्क किया।

प्रिय पाठको, मामला अब क्लाइमैक्स पर पहुँचने ही वाला है। नारदजी के कहने पर लक्ष्मी शंकरजी की तपस्या करने लगी। भगवान भोलेशंकर भला कब तक एक सुकन्या को कष्ट उठाते देख सकते थे? देवी पार्वती के साथ प्रकट होकर उन्होंने उससे वर माँगने को कहा। लक्ष्मी ने पूछा, "भगवन, आप अपनी बात से हटेंगे तो नहीं?" भोलेशंकर ने हर हाल में अपना वचन पूरा करने का आश्वासन दिया। लक्ष्मी ने सारा किस्सा बता कर कहा—प्रभो! मेरी एकमात्र इच्छा है कि सरस्वती सदा मेरे पाँव दबाती रहे और मुझसे आँखें झुका कर बात करे।

अब भोलेशंकर क्या करते, वे तो फँस चुके थे। अतः बोले—पुत्री, तुम्हारी इच्छा अवश्य पूरी होगी; पर अभी नहीं। जब कलियुग के 5,000 वर्ष बीत जाएँगे, तब सरस्वती सदा लक्ष्मी के आगे-पीछे घूमेगी। उसके इशारे पर वह उठेगी और बैठेगी। उसके चरण दबाना ही नहीं, वह उसके चरण चूमने को भी तैयार रहेगी।

तो पाठक मित्रो, आज जो सब ओर लक्ष्मी की जय-जयकार हो रही है, उसके ही नहीं तो उसके वाहन उल्लू के चरण छूने को भी सरस्वती-पुत्र लाइन में खड़े हैं; यह सब शंकरजी द्वारा दिए गए वरदान का ही परिणाम है। नारदजी ने लक्ष्मी को शंकरजी से मिलाया था; उनसे प्रार्थना है कि वे सरस्वती-पुत्रों के उद्धार का भी कोई ऐसा ही सरल मार्ग बताएँ। □

राष्ट्रीय आतंकवादी दल

जब से मैंने परम श्रद्धेय, वीरगति प्राप्त स्वर्गीय श्री वीरप्पनजी की अनाथ और बेसहारा विधवा श्रीमती मुथुलक्ष्मीजी के सद्विचार सुने हैं, तब से मेरे मन में एक अद्भुत मंथन का दौर चल रहा है। करोड़ों साल पहले हुए समुद्र मंथन का तो मुझे मालूम नहीं है; पर इस समय जो मंथन चल रहा है, वह भी कुछ कम नहीं है।

हुआ यह कि जब कुछ पत्रकारों ने श्रीमती मुथुलक्ष्मी से उनकी भावी योजना के बारे में पूछा, तो उन्होंने सगर्व बताया कि वे विधानसभा की शोभा बढ़ाना चाहती हैं। उन्हें इस बात का इंतजार है कि कोई अच्छी, बड़ी और राष्ट्रीय स्तर की पार्टी दो साल बाद होनेवाले चुनाव के लिए उन्हें टिकट दे दे।

मैं मुथुलक्ष्मी की मजबूरी समझता हूँ। पिछले काफी समय से वे राजनेताओं और राजनीति के संपर्क में नहीं रहीं, अन्यथा वे किसी राष्ट्रीय पार्टी के टिकट की कामना न करतीं। काश, कोई जाकर उन्हें बताए कि तमिलनाडु में राष्ट्रीय दलों को पिछले चार दशक से जनता घास नहीं डाल रही है। वहाँ एक बार करुणानिधि और दूसरी बार जयललिता का ड्रामा ही हो रहा है। जनता टिकट खरीदकर उसे ही देखने को मजबूर है।

गत विधानसभा चुनाव में जयललिता के ड्रामे में हाउसफुल गया, तो लोकसभा चुनाव के समय लोग करुणानिधि की नाटकमंडली में शामिल हो गए। कांग्रेस और भाजपा भी उनका ही पल्लू पकड़कर ता-ता-थैया करते रहते हैं। ऐसे में मुथुलक्ष्मी ने राष्ट्रीय पार्टी से टिकट क्यों माँगा, यह मैं अब तक समझ नहीं पाया हूँ।

इस मंथन से मेरे सुपर दिमाग में एक सुपर डीलक्स आइडिया आया है। क्यों न हम 'राष्ट्रीय आतंकवादी दल' नामक एक नया दल बना लें। किसी को आतंकवादी शब्द पर एतराज हो, तो अपराधी शब्द भी रखा जा सकता है। वैसे आतंकवादी की मार्केट वैल्यू ज्यादा है। अपराधी थोड़े से इलाके में प्रभावी कोई छोटा–मोटा आदमी लगता है; पर आतंकवादी नाम से व्यक्ति अंतरराष्ट्रीय हो जाता है। इसलिए मुझे 'राष्ट्रीय आतंकवादी दल' नाम अधिक जँच रहा है।

जहाँ तक इस नाम का संक्षिप्तीकरण करने की बात है, तो हिंदी में इसे हम रा+आ+द अर्थात 'राद' के बदले 'राड़' कहेंगे। क्योंकि बिना लड़ाई, झगड़े और राड़ के आजकल कुछ प्राप्त नहीं होता। आतंकवादी के अंग्रेजी संस्करण के बारे में अंग्रेजी के विद्वान भी एकमत नहीं हैं, तो हमारी बिसात ही क्या है। कोई उसे मिलिटेंट कहता है, तो कोई टैररिस्ट या खाड़कू। इसलिए अंग्रेजी में इस दल को 'नेशनल आतंकवादी पार्टी' या 'नैप' कहना ठीक रहेगा। इससे उसके मुख्य ध्येय 'किडनैप' का भी अहसास तुरंत हो जाता है।

जहाँ तक चुनाव चिह्न की बात है, तो कट्टे, रिवाल्वर और बंदूक से लेकर ए.के. 47 तक हर चिह्न हमें मंजूर है। हमारे एक साथी का कहना है कि वीरप्पन की मूँछें या निर्भय गूजर की दाढ़ी भी चुनाव चिह्न हो सकता है। पर ज्यादातर लोग बंदूक के पक्ष में हैं, इसलिए हम प्राथमिकता उसे ही देंगे। आखिर हमारा दल एक लोकतांत्रिक दल है, जिसमें सीने पर बंदूक रखकर सब फैसले सर्वसम्मति से होते हैं और आगे भी होंगे।

इस दल के संगठन की आप चिंता न करें। अधिकांश सीटें तो उत्तर प्रदेश और बिहार से ही पूरी कर ली जाएँगी। या यों कहें कि यहाँ की सरकारों को ही हम अपने दल में शामिल कर लेंगे। इससे बाकी देश के लोग नाराज न हों। अब तो हर प्रदेश इस मामले में उन्नति कर रहा है। ग्राम प्रधान और नगर पार्षद से लेकर विधायक, सांसद, मंत्री, मुख्यमंत्री और केंद्रीय मंत्री तक हमारे साथ आने को तैयार हैं। जिस पर जितने ज्यादा हत्या, बलात्कार, अपहरण के केस होंगे, उसे उतना ही बड़ा पद दिया जाएगा। संजय गांधी के जमाने के यूथ कांग्रेसियों के लिए दस प्रतिशत स्थान आरक्षित रहेंगे।

इस दल का पहला राष्ट्रीय सम्मेलन सत्यमंगलम के जंगलों में तथा दूसरा चंबल के बीहड़ों में होगा। मेरा परम आदरणीय स्वर्गीय श्री वीरप्पनजी की विधवा

श्रीमती मुथुलक्ष्मी देवीजी से निवेदन है कि वे इन सम्मेलनों में पधारें। उन्हें कोई महत्त्वपूर्ण जिम्मेदारी देकर उनके अनुभव का लाभ हम उठाना चाहेंगे। विधानसभा का टिकट तो वे अभी से पक्का मानकर चलें। □

राजनीति का लालू युग

आप चाहे कुछ भी कहें; पर मैं लालूजी से बहुत प्रभावित हूँ। उनके कारण ही अखबार जैसी नीरस चीज के प्रति मेरा रुझान बढ़ा है। जिस दिन उनकी तसवीर अखबार में न हो, उस दिन उसे पढ़ने में मजा नहीं आता। ऐसा लगता है कि रोटी-सब्जी तो थाली में है; पर चटनी या अचार नहीं।

कुछ लोग लालूजी को जोकर कहते हैं, मुझे ऐसे लोगों से सख्त नाराजगी है। जोकर पैसे लेकर हँसाता है; पर लालूजी मुफ्त सेवा कर रहे हैं। एक ओर स्वामी रामदेव हैं, जो भारत को योग से रोगमुक्त कर रहे हैं, तो दूसरी ओर लालूजी सबको हँसाकर उच्च रक्तचाप को देश निकाला देने में लगे हैं। आजकल उनकी और रामविलास पासवान की नोंकझोंक से भी बिना टिकट मनोरंजन हो रहा है। लालूजी ने राजनीति में जो मुकाम पाया है, वह शायद अगले सौ साल तक किसी को नसीब न हो। जैसे हिंदी साहित्य में द्विवेदी युग से लेकर भारतेंदु युग तक कई युग और युगल हैं; ऐसे ही राजनीति का वर्तमान युग लालू युग और लालू-राबड़ी सर्वश्रेष्ठ युगल हैं।

जब से वे रेलमंत्री बने हैं, भारत के आम नागरिक में साहस का संचार हुआ है। रेल में बैठना आज की तारीख में कोई कम हिम्मत की बात है क्या? इसके अलावा लोगों के मन में धर्म-भावना का भी उदय हुआ है। सफर पर जाने से पहले व्यक्ति घर में देवी-देवताओं से लेकर बाहर सड़कों पर बने मंदिर और मजारों तक में सिर झुका लेता है। पता नहीं, शाम को साबुत लौटकर घर आ पाए या अस्पताल में मिले। संभावना शव परीक्षण गृह से लेकर शमशान तक की भी है। इतनी धार्मिकता तो मुरारी बापू, आसाराम बापू और श्री श्री रविशंकरजी भी पिछले बीस

साल में नहीं जगा पाए।

इसके अतिरिक्त लालूजी और उनकी रेल सेवा के कारण परिवार में प्रेम-भाव भी जागा है। लोग सफर पर जाते समय माँ-बाप के पैर अच्छी तरह छूकर जाते हैं, पता नहीं फिर मौका मिले या नहीं। बुजुर्ग लोग भी उन पर आशीर्वादों की वर्षा कर देते हैं, जिससे वे ऊपर जाकर उनके लिए अच्छे कमरे और चाय आदि की व्यवस्था करके रखें। परिवारों में प्रेम और आदर जाग्रत् कराने का इससे अच्छा प्रयोग आज तक दुनिया में कोई नहीं कर पाया। इसके लिए लालूजी को परिवार-शांति के क्षेत्र में नोबेल पुरस्कार मिलना चाहिए।

यदि लालूजी एक व्यवस्था और करा दें, तो वे साक्षात् रेलपुरुष हो जाएँगे। दिल्ली और प्रदेशों की राजधानियों में प्राय: राजनीतिक रैलियाँ होती हैं। उसमें आने-जानेवाले लोग अपना झंडा और डंडा दिखाकर डिब्बों पर कब्जा कर लेते हैं। बेचारे यात्री आरक्षण कराने के बाद भी धक्के खाते रह जाते हैं। कई रेलों पर दूध वालों का कब्जा रहता है। उनके डिब्बों को लाँघकर जाने में कई बुजुर्ग चोट खा जाते हैं। आजकल हजारों युवक-युवतियाँ नौकरी की परीक्षा या साक्षात्कार के लिए भी प्राय: प्रवास करते हैं। उनके होते बाकी यात्रियों की बैठने की हिम्मत ही नहीं पड़ती। इसलिए जैसे रेल की पूछताछ सेवा वाले आरक्षण की स्थिति, सीटों की उपलब्धता और आवागमन की जानकारी देते हैं, वैसे ही उन्हें आज के व्यवधान या आगामी व्यवधानों की भी जानकारी देनी चाहिए। इससे लोगों को यात्रा की तारीख तय करने में आसानी हो जाएगी।

आप इसे मजाक समझें, तो मैं इसे आप की अल्पज्ञता ही कहूँगा। यह व्यवस्था बनाना और किसी के लिए कठिन हो सकता है; पर लालूजी के लिए नहीं। आखिर असंभव को संभव बनाने का नाम ही लालू प्रसाद यादव है। □

राशन युग की सुखद यादें

मुझे उन लोगों से मिलकर भारी कष्ट होता है, जो हर चीज को उलटे नजरिए से देखते हैं। उन्हें आधा भरा गिलास हमेशा आधा खाली नजर आता है। ऐसे लोगों के कारण ही भारत उन्नति नहीं कर पा रहा है; पर क्या करें, दुनिया में सबको झेलना ही पड़ता है।

अब देखिए न, पिछले कुछ समय से लोग आशंका जता रहे हैं कि राशन युग फिर से लौटने वाला है। वे कहते हैं कि सरकारी केंद्रों पर गेहूँ की खरीद बहुत कम हुई है। बहुराष्ट्रीय कंपनियों ने बड़े-बड़े गोदाम बनाकर सरकारी मूल्य से अधिक पैसा देकर गेहूँ खरीदा है। इससे भविष्य में कुछ खतरे उत्पन्न हो सकते हैं।

ऐसे लोगों का मत है कि बहुराष्ट्रीय कंपनियाँ देश में अन्न का संकट पैदाकर लोगों को दुगने-तिगुने दामों पर गेहूँ बेचेंगी। वैसे उनकी रुचि रोटी की जगह डबलरोटी, केक और पेस्ट्री बेचने में है। ये कंपनियाँ चाहती हैं कि लोग पानी के बदले कोक और पेप्सी पिएँ। रोटी या भात छोड़कर पिज्जा और बर्गर खाएँ। तभी तो मेरा भारत महान् दुनिया के नक्शे में अपनी पहचान बना पाएगा।

पर कुछ विघ्नसंतोषी लोग इसमें राशन युग की आहट तलाश रहे हैं। ये वे लोग हैं, जो हर नई चीज का विरोध करते हैं। कंप्यूटर से लेकर स्वामी रामदेव तक, सबका विरोध इनकी किताब में लिखा है। काश, वे राशन युग के महत्त्व को समझ सकें।

मैं जब चालीस साल पहले के समय को याद करता हूँ, तो लगता है कि मेरे अंदर जो भी गुण हैं, उनमें से अधिकांश राशन की लाइन में लगकर ही आए हैं। आज लोग नई पीढ़ी की अनुशासनहीनता से परेशान हैं; पर राशन युग में हम हर दिन स्कूल से लौटते समय राशनवाले से पूछते हुए आते थे कि चीनी, चावल या

मिट्टी का तेल कब आएगा? क्या मजाल कि हमने कभी यह नियम तोड़ा हो। इससे जो अनुशासन हमने सीखा, वह जमाने की मार के बावजूद आज तक भी बचा हुआ है।

हर रविवार को सुबह नौ बजे नाश्ता करके और खाना साथ में लेकर हम दुकान खुलने से पहले ही राशन की लाइन में लग जाते थे। क्या मजाल कि कोई आदमी लाइन तोड़कर आगे बढ़ सके। एक बार तो दुकानदार को ही हमने तीन बार पीछे धकेल दिया था। जब उसने दुकान की चाबियाँ दिखाईं, तब ही उसे आगे बढ़ने दिया। आजकल के बच्चे तो सुबह से ही क्रिकेट में पिल जाते हैं; पर राशन युग में ऐसी आवारागर्दी की फुरसत ही किसे थी? इसी से उन दिनों छेड़छाड़ की घटनाएँ भी नहीं होती थीं।

राशन की दुकान पर ही हमने संयम का पाठ पढ़ा। घर से निर्देश मिलता था कि चाहे जो हो जाए, पर आज चावल लेकर ही लौटना है। इस चक्कर में कई बार शाम हो जाती थी; पर हम संयमपूर्वक डटे रहते थे। एक रहस्य की बात सिर्फ आपको बता रहा हूँ, आप किसी से कहना नहीं। इसका लाभ उठाकर हम कभी-कभी दोपहर की फिल्म भी मार लेते थे। घरवालों को क्या पता कि सपूत राशन की लाइन में है या¨। पैसे के लिए हमने दुकानदार को पटा लिया था। हमारा बड़ा परिवार था। हर महीने तीस किलो चावल मिलता था। हम कार्ड पर पूरा राशन चढ़वा कर दो किलो कम ले लेते थे। उसके पैसे से पिक्चर के साथ इंटरवेल में चाट भी हो जाती थी। वह भी खुश, हम भी खुश। हमारे माता-पिता महान् थे। उनका हम पर अटूट विश्वास था। चावल देखकर वे यह चर्चा जरूर करते थे कि इस बार लाला ने टूटा चावल भर दिया है; पर उसकी तौल पर उन्हें कभी संदेह नहीं होता था।

राशन की लाइन ने हमारी शब्द सामर्थ्य में असीम वृद्धि की। वहाँ कई मोहल्लों के स्त्री-पुरुष आते थे। उनमें हर तरह के लोग होते थे। दूसरे का राशन कार्ड नीचे दबाकर अपना ऊपर करने के लिए होने वाले झगड़े में उनके मुखारविंद से जो पटाखे फूटते थे, उससे प्रेरित होकर मैंने एम.ए. में 'गाली आख्यान' नामक शोध प्रबंध लिखा था। इसके 'औरतों की गालियाँ' नामक खंड पर मुझे कई विद्वानों से प्रशंसा के पत्र मिले। यद्यपि कुछ लोग मुझे संदेह की नजर से भी देखते थे कि मैं औरतों से इतना घुलमिल कैसे गया? विवाह के लिए दो लड़कियों ने तो मुझे इसी कारण रिजेक्ट भी कर दिया था।

झगड़े में कई बार बात कुछ ज्यादा ही बढ़ जाती थी। आजकल तो टी.वी. पर आनेवाली डब्ल्यू.डब्ल्यू. कुश्ती ने सारी प्राचीन कलाओं का बेड़ा गर्क कर दिया

है; पर राशन की दुकान पर होने वाली कुश्ती में परंपरागत दाँव ही प्रयोग होते थे। हमें कुश्ती के जो पाँच-सात दाँव आते हैं, वे तभी की देन हैं। पर कुश्ती लड़ने वाले दोनों प्रत्याशी अपने से आगे वाले को कह देते थे कि भैया, मेरी जगह का ध्यान रखना। मैं अभी पीट या पिटकर आता हूँ।

राशन की लाइन में लगने से कितने लाभ थे, अब मैं आपको क्या बताऊँ। यद्यपि मैं उस समय छोटा था; पर इतना भी छोटा नहीं था कि कुछ समझ ही न आए। शर्माजी का बेटा रामलाल और वर्माजी की बेटी मधुरिमा के मधुर संबंध यहीं से परवान चढ़े। दोनों पास-पास ही खड़े होते थे और हर रविवार को लंच साथ-साथ करते थे। बस, फिर क्या था ? दोनों की आँखें चार हो गईं और जब तक उनके घर वाले कुछ समझ पाते, तब तक तो एक्सीडेंट ही हो गया।

एक दिन वे दोनों राशन लाने के लिए थैले लेकर निकले थे; पर जब शाम और फिर रात तक वापस नहीं पहुँचे, तो घर वालों को होश आया। एक हफ्ते बाद पता लगा कि उन्होंने अपना नया राशन कार्ड बनवा लिया है। अब राशन युग न होने से वे परंपरागत तरीकों से ही अपने बच्चों के लिए रिश्ते तलाश रहे हैं।

कुछ पढ़ाकू किस्म के छात्र राशन की लाइन में कोर्स की किताबें ही पढ़ते रहते थे। उनसे प्रेरणा लेकर मैंने भी ऐसा करने की कोशिश की; पर लाइन में लगे-लगे मैं जासूसी उपन्यास ही पढ़ पाया। इससे मेरी बुद्धि का जो विकास हुआ, उसका लाभ अब नौकरी में साफ नजर आ रहा है।

राशन की लाइन में लगने से मुझे और भी कई लाभ हुए। हमारे मास्टरजी भी उसी दुकान से राशन लेते थे। उनके लड़के से मैंने दोस्ती गाँठ ली और उसे भी पिक्चर लाभ कराया। कई बार उसका कार्ड मैंने अपने कार्ड से ऊपर रखवा दिया। उसने भी अहसान उतारने में कोई कसर नहीं छोड़ी। उन दिनों आज की तरह परीक्षा में गोपनीयता की मारामारी नहीं थी। उसने मुझे कई पेपर पहले ही ला दिए। इससे मुझे अच्छे अंक लाने में कभी परेशानी नहीं हुई। काम कम और माल ज्यादा वाली मेरी तर नौकरी उसी की देन है। मास्टरजी तो अब स्वर्ग में हैं और उनका लड़का विदेश में। राशन वाला भी दिखाई नहीं देता; पर जब भी मैं उधर से गुजरता हूँ, तो उन तीनों को याद जरूर करता हूँ।

राशन युग के हजार फायदे हैं। मैं गिनाने लगूँ, तो पोथे भर जाएँगे; पर एक अंतिम बात जरूर कहूँगा। संयुक्त परिवार भारत की एक बहुत बड़ी विशेषता थी। मुझे यह कहने में कोई संकोच नहीं कि राशन युग के वापस आने से इनका दौर भी लौट सकता है। क्योंकि हर दूसरे-तीसरे दिन परिवार के किसी-न-किसी सदस्य

को राशन की लाइन में लगना पड़ता था। इससे आपस में अपार प्रेम रहता था। दादाजी हफ्ते भर का प्रोग्राम पहले ही बता देते थे। चावल और चीनी के लिए चाचा और तेल के लिए ताऊजी के लड़कों की ड्यूटी लगती थी। गेहूँ के लिए तो मैं और मेरे तीन भाई थे ही।

हम सब भाई अपनी सुविधानुसार काम बदल भी लेते थे। इसमें दादाजी कोई दखल नहीं देते थे। गेहूँ और चावल की जबरदस्त सफाई के लिए घर की सब औरतें जब घंटों साथ बैठतीं थीं, तो उस समय गाए जानेवाले परंपरागत गीत मुझे आज भी याद हैं। इस सामंजस्य में बीस साल तक कोई दिक्कत नहीं आई। लानत है आज के राजनेताओं पर, जो साल भर में ही आपस में लड़ने लगते हैं।

लोग न जाने क्यों राशन युग से डर रहे हैं। मैं तो जब भी उस समय को याद करता हूँ, आँखों में आँसू आ जाते हैं। पता नहीं, वे सुखद दिन फिर लौटेंगे या नहीं ? □

इस देश का यारो क्या कहना

लोग मेरठ विश्वविद्यालय की घटना को लेकर नाहक परेशान हैं। कुछ अध्यापकों ने अपनी कॉपियाँ जाँचने के लिए बच्चों को दे दीं, तो क्या पाप कर दिया? उन बच्चों का मनोरंजन हो गया और चॉकलेट, आइसक्रीम का खर्च निकल आया, तो इसमें आपको क्या कष्ट है? इस बहाने वे खेल-खेल में हर पृष्ठ पर दिये गए अंकों को जोड़ना भी सीख गए। उन निरीक्षक महोदय ने बाद में देखा, अधिकांश बच्चों ने अंकों का योग बिलकुल ठीक किया था।

वस्तुतः घपला मेरठ में नहीं आगरा में है। यह आपको मालूम ही होगा कि आगरा की जो चीजें प्रसिद्ध हैं, उनमें ताजमहल, पागलखाना, पेठे की मिठाई और जूतों का व्यापार प्रमुख हैं। इनमें से कौन सी चीज अधिक पुरानी है, यह शोध का विषय है। अब यह कॉपियों की जाँच का विशिष्ट केंद्र भी बन गया है।

मेरठ के अध्यापकों ने उच्च कक्षाओं की कॉपियाँ जाँचने के लिए आगरा भेजीं। वे हर बार भेजते थे। हर बार वे जँच कर आती ही थीं। जो छात्र पास होते थे, वे आगे पढ़ते थे; शेष अपने भाग्य को कोसते हुए रोल बैक कर जाते थे या अगले साल वाली परीक्षा की तैयारी करने लगते थे; पर बुरा हो पत्रकारों का, जिन्होंने सड़क पर पड़ी कॉपियों का फोटो खींच कर पूरे देश को दिखा दिया।

आपको इसमें भले ही कुछ भ्रष्टाचार नजर आ रहा हो; पर मुझे तो अपने भारत महान् पर बहुत गर्व अनुभव हो रहा है। सोचिए, जहाँ के बच्चे इतने महान् हों कि वे डिग्री स्तर की कॉपियाँ जाँच सकें, उस देश का भविष्य कितना उज्ज्वल होगा। जिस देश का बचपन ऐसा हो, फिर उसकी जवानी क्या होगी''यह गाना आपने सुना ही होगा। पूरे देश को उन बच्चों से प्रेरणा लेनी चाहिए।

पूत के पाँव पालने में ही दीख जाते हैं, यह कहावत पुरानी पड़ गई है। अब हम यों कह सकते हैं कि पूत के हाथ कॉपियों में दिखाई दे जाते हैं। हमारे राष्ट्रपति महोदय देश को 2020 ई. तक विश्व शक्ति बनाने का सपना देख रहे हैं; पर यदि प्रगति की रफ्तार यही रही, तो भारत 2010 तक ही विश्वगुरु बन जाएगा।

हमें उन अध्यापकों को भी धन्यवाद देना चाहिए, जिन्होंने कॉपी जाँचने के लिए इन बच्चों को चुना। न जाने कितनी प्रतिभाएँ प्रोत्साहन के अभाव में बूढ़ी हो जाती हैं। सोचिये, यदि उड़ीसा के निर्धन बालक बुधिया पर खेल प्रशिक्षक की नजर न पड़ी होती, तो क्या वह मैराथन धावक पूरे भारत की आँखों का तारा बन सकता था? मेरा राष्ट्रपति महोदय से आग्रह है कि इन अध्यापकों को आगामी गणतंत्र दिवस पर 'भारत रत्न' देकर सम्मानित करें। इससे अन्य अध्यापकों को भी प्रेरणा मिलेगी।

मेरठ और आगरा के अध्यापकों से मेरा आग्रह है कि वे हमारे मित्र प्रो. वर्मा वाली इससे भी सरल तकनीक अपनाएँ। वर्माजी कॉपियाँ ऊपर उछालते हैं। जो कॉपी उनके दाईं ओर गिरीं, उसका छात्र पास और बाईं ओर गिरनेवाली कॉपियों के छात्र फेल। कितना न्यायपूर्ण तरीका है यह। कोई भेदभाव नहीं। न जाति का दुराग्रह न राज्य का। इससे मोहल्ले के बच्चों को दिया जानेवाला जेबखर्च भी बच जाएगा। हाँ, अपने बच्चों का सहयोग इस काम में जरूर लें। देश की उन्नति में उनका भी तो कुछ योगदान होना चाहिए।

□

इस सादगी पे कौन...

चिरदुखी शर्माजी बगल में अखबार दबाए गहन चिंतन में डूबे थे। मैंने पहुँच कर राम-राम की, तो उनकी तंद्रा टूटी।

— आओ वर्माजी, देखो हमारे नेता कितने कष्ट उठा रहे हैं ? मैडम ने कहा है कि सूखे और बाढ़ से लोग परेशान हैं। इसलिए मंत्री सादगी से रहें। यह सुनकर दो मंत्री पाँचतारा होटल के एक लाख रुपए प्रतिदिन वाले कमरे छोड़कर सरकारी अतिथि निवास में आ गए।

— शर्माजी, यह सादगी नहीं, उसका नाटक है। इन नेताओं के साथ पूरा लाव लश्कर चलता है। सोनियाजी ने वायुयान के सामान्य वर्ग में यात्रा तो की; पर उनके लिए विशिष्ट वर्ग में भी एक सीट खाली रखी गई, जिससे यदि उन्हें वहाँ कष्ट हो, तो वे यहाँ आ जाएँ। उनके सुरक्षा कमांडो भी साथ थे। उन्होंने मैडम के आगे और पीछे वाली लाइन खाली रखवाई। इससे वायुसेवा वालों को 30 सीटों का घाटा हो गया। अब वे सादगी अभियान को कोस रहे हैं।

— पर राहुल बाबा ने तो स्वर्ण शताब्दी रेल से यात्रा की।

— जी हाँ; पर वहाँ भी पत्रकारों की टीम और पूरी कमांडो फोर्स साथ थी। इस कारण कई यात्रियों को अपनी सीटों से हाथ धोना पड़ा। यात्रा का समाचार सुनकर पानीपत के पास लोगों ने पथराव कर दिया। उस खास डिब्बे को छोड़कर बाकी कई डिब्बों के शीशे तोड़ दिए गए। शायद यात्रा की तरह यह भी प्रचार स्टंट ही था। इससे भारतीय रेल को कई लाख की चपत लग गई। ऐसी है उनकी सादगी।

— लेकिन इससे जनता में सादगी का संदेश तो पहुँचा ही है।

— संदेश की मत पूछो। एक बार प्रधानमंत्री इंदिरा गांधी तेल के बढ़ते दामों पर चिंता दिखाने के लिए तांगे से संसद् गई थीं। इस नाटक का खूब प्रचार हुआ; पर तांगे के साथ उनकी सब गाड़ियाँ कम गति में चलती रहीं, इससे सामान्य से तीन गुना तेल खर्च हुआ। ऐसी सादगी को ओढ़े या बिछाएँ? किसी ने लिखा है—

इस सादगी पे कौन न मर जाए ऐ खुदा।
करते हैं कत्ल, हाथ में तलवार पर नहीं।।

— मोरारजी भाई ने भी एक बार तृतीय श्रेणी में यात्रा की थी?

— जी हाँ; पर कुछ पत्रकार जब अंदर गए, तो देखा कि रेल के उस डिब्बे में सुपर प्रथम श्रेणी की सुविधाएँ जुटा दी गई थीं।

— तो यह सब दिखावा है?

— केवल दिखात्रा नहीं, प्रचार का स्टंट है। मेरे पास एक दमदार आइडिया है। मैं बैल, घोड़ा, ऊँट और गधागाड़ी से नेताओं की यात्रा का प्रबंध करा दूँगा; पर इनमें गधागाड़ी सबसे महँगी होगी।

— ऐसा क्यों?

— बैल और घोड़ागाड़ी को तो लोग देखते ही रहते हैं; पर ऊँटगाड़ी का प्रचलन बहुत कम है। उससे पत्रकार आकर्षित होंगे और दूसरे या तीसरे पृष्ठ की खबर बनेगी; लेकिन गधागाड़ी पर यात्रा से आम लोग और पत्रकार तो आकर्षित होंगे ही, शोर मचाते बच्चे भी पीछे लग जाएँगे। जबरदस्त प्रचार मिलेगा। समाचार पत्र में पहले पन्ने पर बड़ी फोटो छपेगी। सादगी का नाटक और प्रचार एक साथ; पर इसमें एक खतरा भी है।

— वह क्या?

— एक नेता को खींचने के लिए एक बैल, घोड़ा या ऊँट काफी है; पर गधे तो दो-तीन लगेंगे। ऐसे में किसी खुराफाती पत्रकार ने शीर्षक लगा दिया कि मेरा गधा गधों का लीडर या चार गधे एक साथ या तीन गधों ने चौथे को खींचा या सड़क पर गधों की फैशन परेड या निर्वस्त्र और वस्त्र वाले गधे एक साथ या···। इससे नेता की तो नहीं; पर गधों की प्रतिष्ठा तो धूल में मिल जाएगी। फिर इससे जो वीभत्स रस उत्पन्न होगा, उसे किस बरतन में समेटेंगे?

शर्माजी का मूड कुछ उखड़ने लगा, वे बोले—नेताओं की तुलना गधे से करना

ठीक नहीं है।

— पर मैं तो गधे से नेता की तुलना कर रहा हूँ। नेताओं का इतिहास भारत में बहुत पुराना नहीं है; पर गधा तो आदिकाल से है। जब दशहरे पर रावण का पुतला फूँकते हैं, तो उसके बीच वाले सिर पर गर्दभराज सुशोभित होता है। न जाने गधों के किस महान् पूर्वज ने अपना शीश देकर यह स्थान पाया था। रावण को मरे लाखों साल हो गए; पर गधे का यह स्थान और सम्मान आज भी सुरक्षित है।

— तुम जरूरत से अधिक आगे बढ़ रहे हो वर्माजी।

— आप चाहे जो कहें; पर गधे के सामने नेता कहीं नहीं ठहरते। किसी समय सुभाष चंद्र बोस ने नेताजी शब्द की गरिमा बढ़ाई थी; पर 1947 के बाद तो नेता शब्द गाली हो गया है। सुनो, संता ने बंता से कहा—कल मुझे एक भ्रष्ट नेता मिला। बंता हँसकर बोला—जब नेता कह दिया, तो फिर भ्रष्ट क्यों कहते हो? नेता है, तो भ्रष्ट होगा ही। यह स्तर है आज के नेताओं का। उस दिन मेरे एक मित्र ने किसी को नेताजी कह दिया, तो वह भड़क गया। बोला—मुझे गधा कह लो; पर नेता नहीं। मेरे मित्र ने माफी माँगी, तब मामला शांत हुआ, अन्यथा नौबत हाथापाई से दुलत्तीचालन तक पहुँच गई थी।

— अब इस गर्दभ गाथा को बंद करो, बहुत हो गया।

— गर्दभ गाथा तो बड़े-बड़े लेखकों ने लिखी है। उपन्यास सम्राट् प्रेमचंद ने 'दो बैलों की कथा' में गधे को स्थितप्रज्ञ जैसा श्रेष्ठ संबोधन दिया है। कृष्ण चंदर द्वारा लिखित 'एक गधे की आत्मकथा' का तो जवाब नहीं। हर गधे (क्षमा करें, पाठक) को वह जरूर पढ़नी चाहिए। आप कुछ भी कहें शर्माजी; पर गधे के सामने आज के राजनेता कहीं नहीं ठहरते।

शर्माजी मुँह बनाकर उठ गए—तुम ऐसे घटिया मजाक मत किया करो। वे चाहे जैसे हैं; पर हैं तो देश के नेता ही।

इसके बाद शर्माजी कई दिन तक मिले नहीं। कल कोई कह रहा था कि वे गधोंवाली गली में गधागाड़ी का किराया पूछ रहे थे।

□

आँखों के पानी की तलाश

चिरदुखी शर्माजी हर दिन की तरह बगल में अखबार दबाए चिंतन मुद्रा में नीम के पेड़ के नीचे बैठे थे। मैं पहुँचा तो वे गुब्बारे की तरह फट पड़े।

— वर्माजी, हम तो विश्व शांति के लिए दुबले हो रहे हैं; पर हमारे वैज्ञानिकों ने एक नया युद्धक्षेत्र ढूँढ़ लिया है।

— मैं समझा नहीं शर्माजी।

— तुमने पढ़ा नहीं कि भारतीय अंतरिक्ष वैज्ञानिकों ने चाँद पर पानी खोज लिया है। और अब इसकी पुष्टि नासा वालों ने भी कर दी है।

— हाँ, यह तो बहुत बड़ी उपलब्धि है। उन्होंने वह कर दिखाया, जो अमरीका और रूस नहीं कर सके। वाह–भई–वाह।

— पर वर्माजी, सारी दुनिया पानी की चिंता में पानी–पानी हो रही है। विशेषज्ञ बता रहे हैं कि तीसरा विश्व युद्ध पानी के लिए होगा। युद्ध में अत्यधिक परमाणु अस्त्रों के प्रयोग से तापमान इतना बढ़ जाएगा कि सारे ग्लेशियर पिघल जाएँगे, समुद्रों का स्तर बढ़ने से सब ओर पानी–ही–पानी होगा। यानी जल प्रलय। कुछ समझे?

— पर इसका नए युद्ध क्षेत्र से क्या संबंध है?

— अरे मिट्टी के माधो ! जब धरती पर पीने का पानी नहीं बचेगा, तो चाँद के पानी पर अधिकार के लिए संघर्ष होगा या नहीं? समझ लो चौथे विश्व युद्ध के लिए नई रणभूमि तैयार हो गई।

— पर शर्माजी, चौथा युद्ध तो होगा ही नहीं, क्योंकि विश्व के 90 प्रतिशत लोग तीसरे युद्ध में ही निबट लेंगे। फिर किसका युद्ध और किससे युद्ध?

— हाँ यह तो मैंने भी नहीं सोचा। यानी चिंता की कोई बात नहीं है।

— चाँद के तो नहीं; पर एक और पानी के बारे में अवश्य चिंता करनी चाहिए।

— वह क्या?

— मुझे चिंता यह है शर्माजी कि लोगों की आँख का पानी मर रहा है। जिन बातों को खराब समझा जाता था, वे खुलेआम हो रही हैं। ऐसे में कल क्या होगा, कहना कठिन है।

— हाँ, मैंने अखबार में पढ़ा है कि झारखंड के पूर्व मुख्यमंत्री मधु कोड़ा के घर पड़े छापे में 4000 करोड़ रुपए की बेनामी संपत्ति के कागज मिले हैं। इस मामले में वह अपने गुरु लालू यादव से भी आगे निकल गया। लालू ने भी चारा घोटाले में काफी नाम और माल बटोरा था; पर जो काम उसने दस साल में किया, वह कोड़ा ने दो साल में ही कर डाला। यानी गुरु तो गुड़ ही रहा, पर चेला शक्कर हो गया। उसकी डायरी में कई नेताओं के नाम मिले हैं। सचमुच नेताओं की आँख का पानी मर गया है।

— शर्माजी, नेताओं से तो आशा करना व्यर्थ है। जहाँ कुएँ में ही भाँग पड़ी हो, वहाँ किस-किस की आँख में पानी ढूँढ़ेंगे? क्या कोई उस पानी को बटोरेगा, जो अपनी जन्मभूमि से बिछुड़े कश्मीरी हिंदुओं की आँखों से निकलते हैं; जो उन प्रतिभाशाली युवाओं की आँखों से बहते रहते हैं, जिन्हें योग्य होने पर भी काम नहीं मिलता; जो दहेज के अभाव में जीवन भर पिता के घर बैठी युवतियों की आँखों में ही सूख जाते हैं।

— तुम ठीक कहते हो वर्मा। किसी विवाह समारोह में पैसे के नंगे नाच को देखकर मैं उन आँखों में पानी ढूँढ़ता हूँ, जो सैकड़ों पकवानों के बीच बैठकर शराब पीते हुए ठहाके लगाते हैं। मैंने कई बार प्रयास किया; पर मुझे पंचतारा होटलों में गरीबी पर सेमिनार करते लोगों की आँखों में भी पानी नहीं मिला। फैशन के नाम पर रैंप पर लगभग निर्वस्त्र घूमती युवतियों की आँखें भी मुझे सूखी ही मिलीं।

— शर्माजी, छोटी-मोटी मिलावट करनेवाले तो व्यर्थ बदनाम हैं। आज पुलिस, प्रशासन, कर्मचारी, अध्यापक, पत्रकार··· कौन सा क्षेत्र है, जहाँ भ्रष्टाचार नहीं है। पहले गलत काम करते हुए लोग शर्माते थे; पर अब तो सब खुलेआम होता है। ऐसे में शायद कुछ दिन बाद आँखों के लिए भी चाँद से पानी लाना पड़ेगा। इसलिए भारतीय वैज्ञानिकों को आप मेरी ओर से बधाई भेज ही दें।

□

नोबेल पुरस्कारों की नई सूची

केंद्रीय पर्यावरण एवं वन. मंत्री जयराम रमेश के गंदगी संबंधी बयान से कई लोग नाराज हैं; पर मुझे इसमें असीम संभावनाएँ दीख रही हैं। उन्होंने कहा कि यदि गंदगी के लिए नोबेल पुरस्कार हो, तो वह हमें ही मिलेगा। बस इसी पर लोग हाय-तौबा कर रहे हैं।

मंत्री महोदय भारत में गंदगी से बहुत दुःखी हैं। हर साल नोबेल पुरस्कार बँटते हैं; पर हमारे हिस्से प्रायः कुछ नहीं आता। यदि इस सूची में कुछ नए विषय शामिल हों, तो हम भी कमाल दिखा सकते हैं। ऐसे कुछ सुझाव मैं दे रहा हूँ। जयराम रमेश और नोबेल समिति वाले कृपया ध्यान दें।

पहला सुझाव लेटलतीफी के बारे में है। इसमें हम विश्व चैंपियन हैं। गांधीजी के हत्यारों को साल भर में फाँसी हो गई थी। इंदिरा गांधी की हत्या की जाँच और सजा में चार साल लग गए। राजीव गांधी के काल में हम काफी प्रगतिशील हो गए। उसके हत्यारों को आज तक फाँसी नहीं हुई। बोफोर्स दलाली कांड भी त्रिशंकु की तरह अधर में लटका है। इंदिरा गांधी की हत्या के बाद हुए कांग्रेसी दंगे और भोपाल गैस कांड को 25 साल हो गए। उसके किसी अपराधी को भी सजा नहीं हुई।

ताजा मामला लिब्रहान आयोग का है। उसने अपनी रिपोर्ट छह महीने के बदले 17 साल बाद दी। 48 बार उसका कार्यकाल बढ़ाया गया। रिपोर्ट में उन्होंने वही लिखा, जो नरसिंहराव ने उन्हें कहा था। यह बात वे अगले दिन भी कह सकते थे; पर उन्हें लेटलतीफी की भारतीय परंपरा का पालन भी तो करना था।

संसद् पर हमले का अपराधी अफजल फाँसी की प्रतीक्षा में खा-खाकर सुअर की तरह थुलथुला रहा है; मुंबई हमले को एक साल हो गया; पर गिरफ्तार आतंकी कसाब मस्ती में है। इन सबके पीछे पाकिस्तान है, यह हमारी सरकार के अलावा देश का हर बच्चा जानता है। ये तो कुछ नमूने हैं। आज तक भारत में एक भी आतंकी या भ्रष्टाचारी को फाँसी हुई हो, तो जयरामजी बता दें।

सरकार की बात छोड़िये, किसी भी सरकारी कार्यालय में बिना कुछ लिए-दिए काम नहीं होता। दस बजे वाले दफ्तर में कर्मचारी 11 बजे भी आ जाएँ, तो गनीमत है। उनका लंच टाइम बीरबल की खिचड़ी को भी मात करता है। उनका नारा है—*हम आते हैं और जाते हैं, बस इसका वेतन पाते हैं।* ऐसी कामचोरी, काहिली, भ्रष्टाचार और लेटलतीफी के लिए क्या हमें नोबेल नहीं मिलना चाहिए?

हमारी महान् पुलिस भी नोबेल की हकदार है। कई देशों में अपराधी को अपराध के कुछ घंटों में धर दबोचा जाता है। हमारी पुलिस कई घंटे पहले ही यह कर सकती है; पर यदि उसे अपना हिस्सा मिल जाए, तो फिर क्या मजाल जो अपराधी को कोई छू भी ले। लोग लाखों रुपए देकर पुलिस में भरती होते हैं और करोड़ों कमाते हैं।

हमारे देश के राजनेताओं का क्या कहना। लोकतंत्र की बात करते हुए पूरे खानदान को इस धंधे में लगा देते हैं। कांग्रेस तो इस कैंसर की जननी ही है; पर अब अंतरराष्ट्रीय से लेकर राष्ट्रीय, प्रांतीय और जातीय तक, सब दल इसी की रोटी खा रहे हैं। लोकतंत्र का यह नाटक कला वर्ग में नोबेल पा सकता है।

दुनिया में कौन ऐसा देश है, जिसे अपनी भाषा, भूषा, परंपरा और इतिहास पर गर्व न हो। भारत इसमें भी सबसे आगे है। यहाँ हिंदी बोलने वालों को अनपढ़ और अंग्रेजी में गिटपिट करने वालों को शिक्षित माना जाता है। जो अंग्रेजी पढ़ नहीं सकते, वे निमंत्रण प्राय: अंग्रेजी में ही भेजते हैं। हिंदी अखबारों का तो इन दिनों पता ही नहीं लगता कि वे हिंदी, अंग्रेजी, उर्दू या फारसी किस भाषा के हैं। सरकार भी अपना कर्तव्य निभाते हुए अंग्रेजी पत्रों को ही अधिकांश विज्ञापन देती है। दूरदर्शनी हिंदी सुनकर तो कान में कील ठोक लेने को मन करता है। मुझे विश्वास है कि इस नोबेल के लिए तो कोई दूसरा देश दावा ही नहीं करेगा।

विदेशी माल, चाहे वह कूड़ा ही हो, के लिए दीवानगी भारत के हर घर में मिल जाएगी। क्रिकेट भी उनमें से एक है, जिसके चक्कर में लोग सब काम छोड़

देते हैं। इसके खिलाड़ी और दलाल अरबों कमा रहे हैं और हम दूरदर्शन के आगे बैठे समय गँवा रहे हैं।

सुझाव तो मेरे पास और भी हैं; पर फिलहाल मंत्रीजी इन्हें ही लागू करा दें, तो हर साल दो-तीन नोबेल पक्के समझें। इन मौलिक सुझावों के लिए वे मुझे भी नोबेल देना चाहें, तो मैं तैयार हूँ।

□

ठेके पर न्याय

तो साहब, अब मुकदमों की खैर नहीं। अपराधी भले ही बच जाएँ; पर मुकदमे नहीं बचेंगे। क्योंकि सरकार ने यह तय कर लिया है कि अब ठेके पर न्यायाधीश रखे जाएँगे। बस इसी से शैतान की आँत की तरह खिंच रहे मुकदमों के बल पर घी में तर रोटी खा रहे कई लोग परेशान हैं।

ठेका शब्द के कई अर्थ हैं। कोई झूमता दिखाई दे, तो लोग समझ जाते हैं कि वह ठेके से आ रहा है। देर से उठने वालों को भी यही कहा जाता है कि कल ठेके पर गए थे क्या? पर समय के साथ शब्द के अर्थ बदल जाते हैं। अब ठेके की जगह खुली बढ़िया दुकानों और क्लबों में जाना सम्मान का प्रतीक है।

राजनीति शास्त्र की एक प्रसिद्ध कहावत है—The governent is best, which governs the least. अर्थात् वह शासन सबसे अच्छा है, जो सबसे कम शासन करता है। अतः हमारी सरकार सब काम ठेके पर कराती है। नरसिंहराव ने वित्त मंत्रालय का ठेका विश्व बैंक के पुराने लोगों को दिया था, तो मनमोहनजी ने सरकार चलाने का ठेका ही इटली वालों को दे दिया। आपको ठेका शब्द पर आपत्ति हो, तो अनुबंध शब्द प्रयोग कर सकते हैं; पर बात एक ही है।

अब मूल मुद्दे पर आएँ। भारत के न्यायालयों में करोड़ों मुकदमे लटके हैं। प्रायः दादाजी के झगड़े का फैसला पोते को सुनना पड़ता है; पर अब शासन ने तय किया है कि दो वर्ष के अनुबंध और एक लाख रुपए महीना वेतन पर 15,000 जज रखे जाएँगे। वे फैक्टरी मजदूर की तरह तीन पारियों में काम करेंगे; पर शर्त यह है कि उन्हें साल में कम-से-कम 2,500 मुकदमों का निर्णय जरूर देना होगा। इस तरह दो साल में सब मुकदमे निबट जाएँगे। ऐसे क्रांतिकारी निर्णय

के लिए हमारी सरकार धन्यवाद की पात्र है।

पर ठेकेवाले कामों के बारे में अनुभव अच्छा नहीं है। ऐसी सड़क, पुल या कॉलोनी की दुर्दशा से सब परिचित हैं। निर्माण के लिए सीमेंट और रेत का मानक चाहे जो हो; पर असल में वह ठेकेदार, नेता और अधिकारी के बीच सहमति से ही तय होता है। इसलिए ठेके वाले काम का अर्थ ही घटिया काम हो गया है; पर सरकार को मुकदमों का बोझ कम करना है, इसलिए न्याय भी अब ठेंगे (क्षमा करें, ठेके) पर होगा। एक साल में 2,500 मुकदमे निबटाना आसान नहीं है। साल में 165 दिन तो छुट्टी और हड़ताल में ही बीत जाते हैं। बाकी 200 दिन में 2,500 मुकदमे, अर्थात् 12-13 मुकदमे हर दिन। यह कठिन जरूर है; पर असंभव नहीं। समझिए कैसे।

मेरे पड़ोस में शर्माजी रहते हैं। वे अध्यापक कम और विद्या के दलाल अधिक हैं। पढ़ाने के साथ ही कोचिंग, स्टेशनरी की दुकान, फर्जी स्कूलों को प्रमाण पत्र, फेल को पास और सामूहिक नकल जैसे शिक्षा के उत्थान संबंधी सब काम वे करते हैं। उनके पास कई जगह से कॉपियाँ आती हैं। उन्हें जाँचने की विधि बहुत सरल और पारदर्शी है। वे प्रातः स्नान-ध्यान के बाद 10-10 कॉपियों को ऊपर उछालते हैं। दाईं ओर गिरने वाली कॉपियों को पास और बाईं और वालियों को वे फेल के नंबर देते हैं। ईश्वरीय विधान में विश्वासी शर्माजी इस तरह एक घंटे में 250 कॉपी निबटा देते हैं। कला संबंधी विषयों की कॉपियाँ वे बच्चों से ही जँचवा लेते हैं। यहाँ जिस छात्र ने जितने पृष्ठ भरे हों, उतने नंबर देने का उनका सिद्धांत है।

यह सूत्र ठेकेवाले न्यायाधीश भी अपना सकते हैं। जब हर दिन 15 मुकदमे निबटाने हैं, तो कोई धाँसू तरीका अपनाना ही होगा। जैसे बड़े ठेकेदार काम को कई हिस्सों में बाँटकर छोटे ठेकेदारों से कराते हैं; ऐसा ही ये करें, तो दो साल क्या दो महीने में ही काम पूरा हो जाएगा। सिक्का उछालना, परची उठवाना या जो अधिक खिला-पिला दे, उसके पक्ष में निर्णय देने की पुरानी विधि तो हैं ही। जब काम अधिक है, तो एक साथ कई फॉर्मूले अपनाने होंगे।

सरकार ने यह नहीं बताया कि ये ठेकाधीश नियुक्त कैसे होंगे? यदि वह छठी फेल लोगों को मौका दे, तो मैं भी तैयार हूँ। मुझे ठेकेदारी का 40 साल का अनुभव भी है। मुझे एक लाख रुपए वेतन की भी जरूरत नहीं है, उलटा मैं ही सरकार को एक लाख रुपए महीना दे दूँगा; बस एक बार मुझे सेवा का अवसर मिलना चाहिए। आखिर मैं भी तो देश का एक जिम्मेदार नागरिक हूँ। □

सही व्यक्ति को सही काम

मैनेजमेंट के सलाहकारों का एक प्रमुख फंडा है सही व्यक्ति को सही काम। अर्थात् व्यक्ति को यदि उसकी रुचि का काम दिया जाए, तो उसकी सही प्रतिभा और क्षमता प्रकट होती है। इससे न केवल उसे, बल्कि संस्थान को भी लाभ होता है। इसे दूसरे शब्दों में 'काम के लिए व्यक्ति और व्यक्ति के लिए काम' भी कहते हैं। एक बड़े अखबार में छपे इस सूत्र ने मुझे बहुत प्रभावित किया।

उसी अखबार में एक दूसरी खबर भी थी कि दिल्ली के मयूर विहार स्थित दिल्ली क्रेडिट बैंक की शाखा में पाँच हथियारबंद लुटेरों ने घुसकर साढ़े सात लाख रुपए लूट लिए। एक युवक कार में बैठा रहा, बाकी पाँच ने सिर्फ तीन मिनट में काम पूरा किया और फिर कार में बैठ कर फुर्र हो गए। इस बैंक के निकट दो बैंक और भी हैं; पर आसपास पुलिस की कोई चौकी नहीं है। पुलिस अपनी आदतानुसार साँप के निकल जाने के बाद पूरी ताकत से लकीर पीट रही है।

अब उसी अखबार की एक तीसरी खबर को लें, जिसमें दिल्ली में होने वाले गुलाममंडल खेलों की तैयारी की चर्चा थी। लोग इसे राष्ट्रमंडल कहते हैं; पर गुलामी की याद दिलाने वाली इस संस्था का सही नाम गुलाममंडल ही है। खबर के अनुसार सुरेश कलमाड़ी की अध्यक्षता वाली निर्माण समिति की बैठक में एक सदस्य ने आरोप लगाया कि काम न केवल धीमी गति से हो रहा है, बल्कि वह घटिया भी है। सदस्यों को जान-बूझकर पूरी जानकारी नहीं दी जा रही है। काम समय पर पूरा होने की संभावना नहीं है, इससे खेलों के कर्ताधर्ता नाराज हैं। कई प्रतिष्ठित खिलाड़ियों और टीमों ने आने से मना कर दिया है। जब उन्होंने खूब शोर मचाया, तो उन्हें समिति से बाहर कर दिया गया।

मुझे लगा कि इन तीनों खबरों में कमाल की तारतम्यता है। जिन युवकों ने बैंक लूटा, उन्होंने न जाने कितने दिन बैंक के सामने चाट या मूँगफली बेचकर वहाँ की गतिविधियों का अध्ययन किया होगा। इतनी लगन से यदि वे परीक्षा देते, तो दस-बीस हजार रुपए महीने की नौकरी ही हाथ आती; पर यहाँ तो तीन मिनट में साढ़े सात लाख रुपए। दोनों की आपस में भला कोई तुलना है?

इस अध्ययन के आधार पर उन्होंने निष्कर्ष निकाला कि बैंक लूटने के लिए दोपहर तीन बजे का समय एकदम सही है। इस समय ग्राहक नहीं होते। मैनेजर घुटने सीधे करने के लिए बाहर निकल जाता है। गार्ड भी सुस्ताने लगता है। चपरासी पड़ोस की दुकान पर जाकर दम मारने लगता है। कैश काउंटर वाला जरूर व्यस्त होता है; पर मोटे रजिस्टरों में मगजमारी करने वाले अधिकांश क्लर्क घर चले जाते हैं। यानी मैदान काफी साफ होता है।

उन्होंने पूरी तैयारी के साथ सही समय पर धावा बोला। गार्ड को बंदूक सहित बाँधकर बाकी लोगों को पिस्तौल के बल पर दीवार की तरफ मुँह करके खड़ा कर दिया। दो लोग इस ड्यूटी पर रहे। बाकी ने कैश समेटा और फिर बाहर खड़ी कार में बैठकर फरार हो गए।

मेरा सुरेश कलमाड़ी और दिल्ली सरकार से आग्रह है कि क्या इन युवकों की योजकता का उपयोग गुलाममंडल खेलों के लिए नहीं हो सकता? यदि इन्हें निर्माण समिति का मुखिया बना दें, तो अपने अनुभव के आधार पर ये हर काम समय पर पूरा कर देंगे।

कोई शनीचर कह सकता है कि डकैतों की जगह तो जेल में है; पर मुझे यह बताएँ कि राजनीति में आज अधिकांश लोग कौन हैं? कुछ दिन पूर्व आयकर विभाग ने देश के बड़े करदाताओं की सूची जारी की। उसमें बड़ी संख्या में राजनेता भी शामिल हैं। एक सर्वेक्षण के अनुसार राजनीति में आने के बाद अधिकांश नेताओं की आय सौ से लेकर सात सौ गुना तक बढ़ी है। बिना मेहनत और पूँजी का यह कारोबार खुलेआम डकैती नहीं तो और क्या है? इनके सामने साढ़े सात लाख रुपए लूटने वाले तो अभी बच्चे ही हैं। उन्हें भी देशसेवा का मौका मिलना चाहिए, जिससे वे भी बड़े करदाताओं की सूची में शामिल हो सकें।

मैनेजमेंट सूत्र के अनुसार इससे सही व्यक्ति को सही काम मिलेगा। उस व्यक्ति के साथ ही देश की भी उन्नति होगी। इससे युवा पीढ़ी को सही संदेश मिलेगा और राहुल गांधी के सपने पूरे होंगे। कलमाड़ीजी और दिल्ली सरकार इस बारे में विचार करे। □

पर्यावरण ले लो...

लंबी नाकवाले शर्माजी की धाक पूरे शहर में है। अगले दस साल तक बाजार में क्या अधिक बिकेगा, इसे वे बखूबी सूँघ लेते हैं। इस आधार पर वे कारोबार करते हैं और सदा सफल होते हैं।

कभी शर्माजी साइकिल में पंचर लगाते थे। इसे बताते हुए वे शर्माते नहीं। धीरूभाई अंबानी उनके आदर्श हैं, जिन्होंने गाड़ियों में तेल भरते-भरते अपनी तेल कंपनी बना ली। आज धीरूभाई भले ही न हों; पर उनके दोनों बेटे भारत के धनवानों में शीर्ष पर हैं।

शर्माजी पंचर लगाते समय अपनी नाक साफ रखते थे। उन दिनों एशियाड 1982 की चर्चा जोरों पर थी। राजीव गांधी उसके मुखिया थे। बोफोर्स जैसे खानदानी काम उन्होंने वहीं से सीखे। एशियाड के साथ ही रंगीन टी.वी. का प्रसारण शुरू होनेवाला था। बस, शर्माजी ने जोड़-तोड़ कर अपने बड़े बेटे को टी.वी. की एजेंसी दिलवा दी। एशियाड शुरू होते ही उनकी उँगलियाँ घी में और सिर कड़ाई में हो गया। वे नोट बिछाने और ओढ़ने लगे।

इसके दो साल बाद राजीव और उनकी गिटपिट दून मंडली सत्ता में आ गई। शर्माजी की नाक ने संकेत दिया कि अब अंग्रेजी बेचने के दिन हैं। उन्होंने दूसरे बेटे के लिए 'मदर टेरेसा इंगलिश मीडियम दून कॉन्वेंट स्कूल' खोल दिया। आज इस नाम के शहर में 15 स्कूल हैं। मुँह पर उनके लड़के को लोग समाजसेवी, पर पीठ पीछे स्कूल माफिया कहते हैं।

धीरे-धीरे शर्माजी ने सब बच्चों को लाइन पर लगा दिया। तीसरा बेटा कंप्यूटर बेचता है, तो चौथा मोबाइल फोन। एक दामाद जमीन के धंधे में हैं, तो दूसरा

एन.जी.ओ. बनाकर एड्स, यौन शिक्षा, स्वाइन फ्लू आदि बेच रहा है। यह एन.जी.ओ. शर्माजी ने उसे दहेज में दिया था। वे जानते थे कि यह भी स्कूल की तरह बड़ा सम्मानजनक धंधा है। तीसरे दामाद पानी बेचकर सोना बना रहे हैं।

पिछले एक साल से शर्माजी बिस्तर पर हैं। ऐसे में भी वे कई बार अपनी नाक कोपेनहेगन की तरफ कर उसे खुजाने लगते हैं, मानो वहाँ से आ रही गंध पकड़ रहे हों। कई बार उनके होंठ भी फड़फड़ाते हैं। शर्माजी का पोता मोहन जवान हो चुका है। सब उसके लिए किसी कारोबार की तलाश में हैं।

आज शर्माजी अंतिम साँसे ले रहे हैं। उन्हें धरती पर उतारकर मुँह में गंगाजल डाल दिया गया है। गीता का पाठ हो रहा है। अचानक उनके शरीर में हलचल हुई। वे उठ बैठे और काँपते होठों से बोले, पर्यावरण ले लो⋯; और फिर सब शांत हो गया।

अगले दिन शर्माजी की शवयात्रा में भारी भीड़ थी; पर मोहन पर्यावरण संबंधी एक एन.जी.ओ. का पंजीकरण करा रहा था। वह यह 'बेसिक' सी बात समझ गया था कि कोपेनहेगन के तमाशे के बाद अब कई साल तक पर्यावरण बिकेगा। खुद को खुदा से ऊपर समझने वाले अमीर देश खुद तो गरमी बढ़ाएँगे; पर कार्बन उत्सर्जन घटाने के लिए गरीब देशों का गला दबाएँगे। अहसान जताने के लिए उन्हें अरबों रुपए का कर्ज और सहायता भी देंगे। पैसे के लिए बिकी सरकारें, नेता और मीडिया उनकी जय बोलेगा। अब तक ऐसा ही हुआ है, तो आगे भी होगा ही।

इसलिए मोहन ने पर्यावरण बेचना तय कर लिया है। इस नाम पर पंचतारा होटलों में सेमिनार, नेताओं और अभिनेताओं के साथ फोटो, विदेश यात्रा, पीने-खाने और जेब भरने का खूब मौका मिलेगा। उसके लिए राम नाम नहीं, जयराम नाम सत्य है। जब मनमोहन ओबामा के चरणों में जा बैठे हैं, तो मोहन पीछे क्यों रहे? उसे बड़े पेटवाले कुछ सहायक चाहिए। आप चाहें, तो नाम लिखा दें।

किसी ने कहा है—धनवानों के तीन ककार; कोठी, कुत्ता, कार। साल भर में अखबारी प्रसिद्धि और मान-सम्मान के साथ ये तीनों भी आप पर न हो जाएँ, तो कहना। □

हे भगवान्, मैं बच गया

हे भगवान्, तेरा लाख-लाख धन्यवाद। तूने मुझे बचा लिया। पिछले कुछ दिन से मेरा दिल काँप रहा था। नापने पर उसकी धड़कन राजधानी एक्सप्रेस की तरह तेज मिलती। रक्तचाप महँगाई की तरह लगातार ऊपर चढ़ रहा था। डॉक्टरों को पूरा विश्वास था कि मेरा अपनी पत्नी या बॉस से किसी बात पर झगड़ा हुआ है; पर सच यह नहीं था। पिछले दिनों मैं सीढ़ी चढ़ते हुए दुबई के शेयर बाजार की तरह अचानक गिर पड़ा, तो उसने मुझे अस्पताल भेजने के लिए एंबुलेंस ही बुलवा ली। मैं समझ गया कि वे मेरा लाख-दो लाख रुपए का खून करना चाहते हैं। मेरा वकील वसीयत लिख देने का आग्रह करने लगा। मैंने उन्हें दो-चार दिन रुकने और वह खतरनाक दिन निकल जाने को कहा। भगवान् की दया से वह निकल गया और अब मैं सकुशल हूँ।

अब मैं आपको अधिक समय तक संशय में रखना नहीं चाहता। भगवान् कृष्ण ने गीता में कहा है कि *'संशयात्मा विनश्यति'*। मुझे भय है कि मेरी तरह कहीं आपकी धड़कन भी न बढ़ जाए।

आपने सुना ही होगा कि अमरीकी राष्ट्रपति ओबामा ने 24 नवंबर को भारतीय प्रधानमंत्री मनमोहन सिंह के स्वागत में एक रात्रिभोज का आयोजन किया। उसमें अमरीका की प्रसिद्ध हस्तियों के साथ-साथ भारत से भी कुछ खास लोगों को बुलाया। कुछ नाम तो पहले ही तय थे; पर अखबारों से पता लगा कि कुछ और लोगों को बुलाया जा सकता है। बस तभी से मेरे दिल की धुकधुकी बढ़ गई।

कल रात मुझे स्वप्न आया कि मुझ चिरकुट का नाम भी इस सूची में लिख लिया गया है। बात-की-बात में यह खास बात आम हो गई। सुबह होते ही मेरे घर के आगे भीड़ लग गई। लोग माला और फूल से मुझे सम्मानित करने लगे। मैंने